当代中国文学书库

自然之光

李明英 ◎ 著

中国文联出版社

图书在版编目（CIP）数据

自然之光 / 李明英著 . -- 北京：中国文联出版社，
2024.1
ISBN 978 - 7 - 5190 - 5163 - 1

Ⅰ.①自… Ⅱ.①李… Ⅲ.①散文集—中国—当代
Ⅳ.①I267

中国国家版本馆 CIP 数据核字（2023）第 129532 号

著　　者　李明英
责任编辑　周　欣
责任校对　贾　丹
装帧设计　中联华文

出版发行　中国文联出版社有限公司
地　　址　北京市朝阳区农展馆南里 10 号　　　　邮编　100125
电　　话　010 - 85923025（发行部）　　　　85923091（总编室）
经　　销　全国新华书店等
印　　刷　三河市华东印刷有限公司

开　　本　710 毫米×1000 毫米　　　1/16
印　　张　14.5
字　　数　161 千字
版　　次　2024 年 1 月第 1 版第 1 次印刷
定　　价　78.00 元

目 录
CONTENTS

读《心若菩提》 …………………………………… 1

大恩美宣 …………………………………………… 5

回眸一笑 …………………………………………… 8

绿 ………………………………………………… 10

喜欢 ……………………………………………… 13

世间烟火情，最抚凡人心 ……………………… 16

六月 ……………………………………………… 18

人间值得 ………………………………………… 21

匆匆那年与小青蛇 ……………………………… 24

栀子花香 ………………………………………… 27

临风听，春风十里似故人 ……………………… 30

如有岁月可回首 ………………………………… 34

小哥 ……………………………………………… 38

人生不易，且行且珍惜 ………………………… 42

五月 ……………………………………………… 45

智慧的火花 …………………………………… 48

物语闲情 …………………………………… 51

雨中即景 …………………………………… 54

那些非同凡响的灵魂 ………………………… 59

走过的夏天 ………………………………… 65

被风吹过的夏天 …………………………… 68

把一身的懒惰，放倒 ………………………… 71

春天 ………………………………………… 73

鸟知道，花知道 …………………………… 75

人间四月 …………………………………… 78

流年如诗 …………………………………… 81

故事几则 …………………………………… 83

孩子们的眼 ………………………………… 89

词（四首） ………………………………… 92

人生的意义 ………………………………… 94

春游彭家寨 ………………………………… 96

暖阳·清风·花香 …………………………… 99

老家·童年·乡愁 …………………………… 102

黄昏·湖泊·行人 …………………………… 105

人生海海，人心海海 ……………………… 107

做一个有才情的女子 ……………………… 110

梅花树 ……………………………………… 116

春 …………………………………………… 119

踏春 ………………………………………… 121

新年寄语 ·················· 124

2021 年的第一场雪 ·················· 127

飞雪迎春（组词） ·················· 129

无题 ·················· 131

想念父亲 ·················· 132

冬日暖阳 ·················· 134

秋游随记 ·················· 136

游恩施大峡谷（二首） ·················· 137

四季之美 ·················· 138

冬阳，假日，孩子 ·················· 140

最深的爱 ·················· 143

阳光融化了格局，还有我 ·················· 145

把黄昏拾掇进母亲的栅栏里 ·················· 147

石牛的才情不在水中 ·················· 149

我想每次回头，都是你的温柔 ·················· 151

我用心路衡量自己的良知 ·················· 153

在形形色色的品相里歇歇脚 ·················· 155

关于你们的文字洒满一地 ·················· 157

《边城》（作品推荐） ·················· 159

行走在夜空下 ·················· 162

怀念父亲 ·················· 165

过中秋 ·················· 170

自然之光（一） ·················· 175

自然之光（二） ·················· 182

自然之光（三）……………………………………………… 189

自然之光（四）……………………………………………… 194

自然之光（五）……………………………………………… 198

自然之光（六）……………………………………………… 202

自然之光（七）……………………………………………… 204

自然之光（八）……………………………………………… 206

自然之光（九）……………………………………………… 209

自然之光（十）……………………………………………… 212

自然之光（十一）…………………………………………… 215

凤凰古城 …………………………………………………… 218

桃花源里蝴蝶泉 …………………………………………… 221

读《心若菩提》

自序简要：

小时候，大家都叫他小印度。

9 岁时才上一年级，长福伯给他取名为"德旺"，顾名思义有德才能旺。

念书念到 13 岁，失学回家，做过小买卖，贩过水果，当过放牛娃……父亲总是这样去教导他："做人要有志气，做事要有心气。"

曹德旺，中国著名企业家，世界玻璃大王，他创建的"福耀集团"真正地推动了中国汽车工业在海外的发展。他同时也为中国的公司治理开辟了先河，2008 年 10 月 31 日荣获"安永全球企业家"荣誉称号。

《心若菩提》是曹德旺先生写的一部自传。

自传分为五个章节，首页有简洁的自序，后面附有后记，他从贫困童年、艰辛创业、诚信为本、天道酬勤、铁肩道义、半生玻璃缘等方面来讲述他扣人心弦、跌宕起伏、辉煌卓越的人生。

第一章，贫困童年

他从家庭因变致贫、因顽皮辍学、用心办事、少小担纲、独闯天下、祸不单行、苦力不苦、悯从怜中求等方面用质朴、温暖的语言向我们介绍了他从童年、少年到青年的成长过程。他的童年过得很苦，但字里行间看不到半点酸涩，只有在第四章里提了一下，他辍学后，为公社放牛，过得很不好。我看了他的专访，他讲了他为公社放牛的情形，13 岁，多么骄傲的年纪，为了放牛得工分，补贴家用，他受到了常人难以忍受的羞辱，正是这段经历让他长大、成熟，始终不忘，家贫、不公平的待遇都是可以改变的。

第二章，艰辛创业

第二章中写有结缘玻璃、问道石笔、诚交天下士、身试改革、老师的爱、挑战权威、探路会资等章节，平实真挚而有深度的语言真实地描绘了作者在各个时段经历的各种考验。他不循常规，敢于突破，勇敢无畏，从一名小业务员，通过艰苦奋斗，最终建厂创业；他爱学习，懂生活，体谅他人，传播正能量。

第三章，诚信为本

文中写了三问石竹、为了国徽的庄严、守雌等篇章，作者抱诚守真，始终坚持自己的操守，尊师问道。有一段时间福耀公司摊上了官司，纠缠最终以福耀胜诉告终，虽然损失了 3000 多万元的利息，但为了工厂工人的人格尊严，为了共和国国徽的庄严，他还是选择了后者。读曹德旺的自传就像在读《曾国藩》传，看一遍不过瘾，须得反复阅读、品味。曹德旺在生意场上如鱼得水，很大程度上得益于他收敛了自己强硬、倔强的性格，他告诫世人，要学会吃亏、守德、守雌。故，敬胜怠，义胜欲，知其雄，守其雌。

第四章，天道酬勤

任何一个成功人士都离不开勤奋。曹德旺也不例外，勤奋是通向理想最近的路，他说，在他工作的时间里没有真正意义上的休假过。记者采访时问："设想一下，72 岁的你会干什么？还会坚持在工作岗位上吗？"曹德旺表示："只要身体能够支持，会像蜡烛一样烧到最后一滴。为了企业，为了国家我可以燃尽自己。"

第五章，铁肩道义

看到这里，让我们来思考下，曹德旺为什么能把生意、企业、公司管理得这么好，为什么能得到人们的拥戴？

——因为他有很多心！

在员工白丁贵查出患有肝癌并处于晚期时，他出钱救人，只要能治好，公司付医疗费。这是爱心，善心，利他心。

当他的朋友王永庆告诉他管理层需要自己培养，不能外聘时，曹德旺随即与厦门大学管理学院合作，成立福耀管理学院，让中层以上干部接受 MBA 课程教育。在培训方面"请进来"的同时，也"走出去"。这是用心。

他坚定不移地要在将来统一东北地区玻璃市场的价格，以避免未来可能出现的恶性竞争。最后,价格扭转,符合市场需求。这是决心。

作为中国加入世贸组织以来第一个反倾销胜诉的案例,福耀反倾销案,后来成为中国企业反倾销的经典。从反倾销案结束之后,有了签约克里姆林宫,签订了在俄罗斯的项目;精明的犹太人让其捡了一个漏,以 1500 万美元买下工厂的 50% 等。这些事情的发展,是从无到有的过程。最后,回到初心。

心若菩提:心如止水乃是定。真定则静(净)。真静(净)则动静二相了然不生,则菩提自现。

这就是真正意义上的心若菩提,一切美好来源于一颗有爱有温度的真心!

大恩美宣

我住在乾隆钦赐的古城，

沐浴在四季旖旎的宣恩。

我看见历史的车轮，

在仙山贡水里狼烟滚滚。

风吼虎啸，万马奔腾，

汇聚成一幅诗画长卷。

一枚枚勋章。

皇恩宠赐、全国文明城市、历史文化名村、红色革命根据地、

茶马古道、最完整的苗语文化……

一幅幅画卷。

贡米、贡茶、白柚、黄金梨、药材、滚龙连厢、薅草锣鼓、耍

耍……

从此我对你情有独钟。

贡水的浪漫多情，

惹溪街的雅致风韵，

步行街的人间烟火，

工业区的科技文明。

宝塔山森林公园永远是春天。
它把满山的赤橙黄绿青蓝紫，
送给攀越的行人。
摩达楼上阵阵书声，
也无风雨也无晴。
这四季的歌韵，
落入二十九万人民的心田。
这时代腾飞的号角，
奏响宣恩大地的奋进弦音。

兴隆大道上的桂树，
戴上全国文明城市的皇冠，
十里飘香。
伴着人民广场动人的旋律，
诉说着《大美宣恩》。
脱贫攻坚、城乡新颜、生态改善，
社会飞速发展，征途仍遥远。

在这激情岁月里，
践行着以人民为中心的理念。
温馨的惠民聚民政策，
让人情不自禁地展望未来。

以匠人的精神锐意进取、苦干实干，

用智慧和汗水，

构绘诗画宣恩的最美明天。

回眸一笑

回眸一笑，简单的一个动作表情，有时会温暖人的一生。

奶奶三年前病倒，病得不轻，落下了很重的后遗症，后半生只能靠轮椅挪移。三个子女，一儿一女在身边，另外一个小儿在外县，都有工作。刚开始，大儿、大女、小儿分工明确，回家后轮流照管母亲，可时间一长，儿媳和儿子不干了：每天要工作，工作之余还要做点自己的事，长时间守着老太太也不是事。他们对老太太说："您自己和父亲学习康复知识吧，我们要辅导孩子，没时间陪您了。"此后大儿、小儿、儿媳们就解放了，女儿也有同感，很少回家看望老太太，身边只有瘦弱的老伴陪着肥胖的老太太了。老爷爷整天用尽吃奶的力气扶老太太坐上轮椅，给她做理疗，喂她吃饭，但老太太的病就是不见起色。一天老爷爷趁老太太睡觉了，他走出去打了一个电话。过了许久，来了一位拄着拐杖的男人，男人一步一摇，吃力地走着，他是老太太的同学，他也和老太太得了相同的病，只不过经过自己锻炼现在能行走了。老太太见了老同学那个高兴呀，简直无以言表，自此老太太与老同学、老伴三人有说有笑，并且约定，努力锻炼，互相鼓励，看谁先康复。老同学每次离去都刻意回眸一笑，那笑饱含深情……奇迹就在那一次次的回眸一笑中诞生了。

老太太能走了！

那年冬天，雪很大，我坐在教室里，穿着单薄的衣服，听着语文老师讲解句子的变换，突然我看见窗外有个熟悉的身影——爸爸。只见他蹑手蹑脚小心翼翼地靠近窗户向教室里张望，我忙向老师请假，奔出教室，父亲把我拉到教室的尽头，捏着我的手急切地对我说："幺妹，冷到了吧？我给你送衣服和吃的来了。"我盯着我瘦瘦的父亲，天寒地冻，寒风肆虐，父亲长途跋涉，已显得精疲力竭，但见到我，他又是那样开心，像一棵干渴的大树吸到了泉水。一如他每次面对我一样，慈祥、温暖、爱怜。我接过背篓，和他走到寝室，收捡好东西，他背着背篓，叮嘱我穿好棉衣，好好吃饭，然后便大步向外走去，走到寝室门口他突然停下，回过头来微笑地对我说："幺妹好好学习。"我顿时泪如泉涌。

父亲的一次次回眸，温暖了我的整个人生。

绿

我喜欢一种颜色，特别地喜欢，红、橙、黄、绿、青、蓝、紫七种颜色中的绿。

"绿"这个字的由来很有意思，古时候人们在井中取水，每次摇动辘轳提水上来，水难免会泼洒出来，泼洒在井边的石头或石头缝里，经过长时间的浸润，石头上长出了青苔，石缝中也长出了细小的绿植，人们就根据这一现象造出"绿"这个字，左边"纟"表示细小的小草，右边的"录"表示转动的辘轳，两个组合在一起就成了"绿"字，"绿"字表示生机勃发，充满希望。

当风咆雪啸时，冬天的气息越来越浓，隔三岔五地来一场瑞雪。天地一色，银川万里，人们总是在漫长的雪夜中怀念着什么，是怀念春，还是春天的信使——绿，我想应该都有吧。在硕大的天宇下，只有雪是不够的，雪虽洁白，大美，凛然浩荡，但它冰冷，令人担忧；而雪地中的绿就不一样，绿叶、绿树、绿的山冈，它们头顶雪花，绿液流淌不上，把绿亘古不变地传递到下一个季节，绿色的春天。

春天，绿开始肆意张扬，粉粉嫩嫩的绿，像绒绒的线球儿，可爱至极。它们在春风中，伸着稚嫩的手，嘟囔着小嘴鼓着一股劲，狠劲儿地长呀长。风拂过，绿草醉倒一片，一地的绿，绿得让人着迷。小羊在绿草地上吃草，那样沉迷、甜美，我也想加入其中，啃点青草，解解馋。水绿山青了，春天里的水也有了灵气，它们变得更欢快了，时不时唱上一首山歌，和着春雨，合奏成一曲春天的赞歌，绿铺天盖地席卷而来，把大地、山川装扮得绿意纵横、生机勃勃。

夏天到了，没有比这更广阔、更浩荡的绿了。

这世上绿是最亘古不朽的。

绿铺满了整个世界，连小动物也变成了与它一样的绿，花也有绿的了，绿色的烟雨，绿色的晴空，绿色的城镇。夏天的绿太多太多，如翁卷的"绿遍山原白满川"，孟浩然的"绿树村边合，青山郭外斜"，我喜欢这大气的绿，它绿得让人舒心，绿得让人沉静，绿得浩浩荡荡，绿得荡气回肠。有时，看着满眼的绿，我真想坐下，就着九万里的阳光，煮出一壶绿色的茶水，让来来往往忙碌的人们喝上几口，让人们的生活真正的绿色低碳健康。

绿才是这世界最亘古不朽的。

绿

山绿了，

是春风的容貌，

是荷的舞蹈，

是生命的焰火在燃烧。

水绿了，

是污染的句号，

是治理的功劳，

是生命的源泉在微笑。

灯绿了，

是畅通的信号，

是管理的荣耀，

是生命的脚步在赶超。

食品绿了，

是科技的补药，

是理念的提高，

是生命的延续在飞跃。

喜欢

喜欢没有理由，

就是单纯由心而发的爱与欣赏，

不掺杂任何私心杂念。

喜欢满世界去看看，

不惧车马劳顿，

不畏黄沙眯眼。

想在金色的尼罗河里看胡夫的倒影，

也想煮一壶老茶，

在旖旎的西湖上垂钓。

喜欢看雪小禅的书，

她的文字上瘾有毒。

适时光慢煮，

恰烟火禅定。

犹如一朵朵冰花，

薄凉而妖艳，

灵动而厚实。
字字珠玑，
生生脆响。

喜欢林帝浣，
他是一位永远纯洁剔透的男子。
那些配画的文字，
会触碰到读者的神经。
它要好久，
才能苏醒。

喜欢陆庆屹的纪录片
《四个春天》。
记录了父母家人相依相恋，
一幅幅场景让人热泪潸然。

喜欢夏洛蒂·勃朗特笔下的
简·爱，
大气睿智勇敢坚强，
她是很多人的榜样。

喜欢朋友送我的一捧栀子，
它那样纯洁芬芳。
栀子的花语，

洁白高尚。

喜欢各种各样的人，
他们都各具特色，
活得充实热烈。

喜欢晨光熹微的早上，
它带给我们无限希望。
人潮汹涌，
奔赴远方。

我喜欢路边一朵带露的小花，
它有红有绿，
有姿有态。
不管有无欣赏，
依然热烈怒放。

我喜欢，
四季更替，
包罗万象。
我喜欢，
风物人间，
自然之光。

世间烟火情，最抚凡人心

华灯初上，银月如盘，贡水河静静流淌，满河璀璨荡漾，夜幕降临，小城又一波繁华来袭，灯海、喷泉、酒肆、行人、乐曲……

一天的疲劳，在红绿灯处戛然消失，是的，各种工种，各类人群，男女老幼，他们都站在各自的行道上，等待，等绿灯通行，等回家团聚。我的前面是一位快递小哥，右边是一位骑三轮车的大叔带着他卖菜的妻，前方是一大群赶路归家的人。倒数，五、四、三、二、一，人群各自奔涌，奔赴下一场聚集。短暂的两分钟，是一场漫长而美丽的邂逅，也是人生的稍作休息与规则。这种规则是人人都要遵守的，不能逾越。我想每座城市，都有它特别的定位，都有它独特的生命历史与价值，文明城市，全国文明城市，一座有浪漫仙山贡水的城市，它对每一位公民的要求也会更严格，你看，一位年轻漂亮的姑娘看见一位老人蹒跚地过马路，她马上倒退回去，与老人并肩慢慢前行，川流不息的车辆都停下来，行人都被那一幕动容。姑娘很美，她的心灵更美。

与爱人徒步，缓行在河堤上，河水流韵，万般柔情，一河的灯影旖旎，映照出如诗如幻的美景，风轻轻吹拂，奏出禅定般的意境。行人，或慢步，或谈笑，或牵绳遛狗，一河的热情，满满的温馨。

爬上河堤，步入美食街，这里更是人头攒动、熙熙攘攘，一条别具风味的美食街，焕发出勃勃生机。

一家家美食店香气氤氲，食客鱼贯而入，欢笑声、吆喝声、品杂声，声声入耳；一个个美食摊，鳞次栉比、五花八门、琳琅满目。看！干煸土豆，小小的土豆，圆滚滚的，在大平底铁锅里尽情地裸露着它们焦黄的身子，肆意地挑逗着行人，金黄喷香。滋滋的香油、米白的芝麻、翠绿的香菜、红嫩的萝卜，把小土豆装扮得令人垂涎三尺，我迫不及待地买了一碗，拿起筷子夹了一个，送入口中，太香了，一种久违的喜悦涌上心头（告诉大家土豆是我的最爱哟）。之后我们又买了糯米团子，是米饭加上一层焦黄的调料，再点上一些蔬菜，米是纯糯米，揉成拳头大小的团子，我第一次吃，特别香，特别有嚼劲。我们边吃边走，各种美食应有尽有，烧烤、麻辣烫、龙虾、烧饼、烩面、臭豆腐、手工豆皮、千层麻辣手抓饼……真是天上人间的美味啊！我们再往里走，买了臭豆腐，路过热干面、西米露、糯米鸡、藕圆子、蒙古烤肉、波罗蜜……一饱了眼福，吃得我们差点撑破肚皮。

我本就是吃货，每次见到难得的美食，那种兴奋、那种幸福，简直难以言说。小城，一座烟火小城，一座没入凡间的仙阁玉宇，它给予人们的不仅仅是舌尖上的美食，人们的生养栖息，它更多的是一种精神上的寄托、一种希望的展望、一种发展改变中的情怀与悲喜、一种安放灵魂的皈依。

人间烟火气，最抚凡人心。

六月

六月，

是一首千古绝唱。

它惊涛拍岸，

卷起千堆雪，

伯牙操琴。

它峨峨兮若泰山，

它洋洋兮若江河，

子期点评。

六月的天空，

层林尽染。

写满梦幻，

放牧的白云，

多愁善感。

雷神一记响鞭，

眼泪四溅，

滴滴晶莹，

点缀花草间。

六月的果园，
暗香浮动。
它们把金樽盛满，
只跟随主人的召唤。
奔赴一场场盛宴，
圆满一生的夙愿。

六月，
时间伸出大拇指，
摁下一个又一个鲜红的赞。
这个六月我要给浓绿的树荫，
给愉悦的蝉鸣，
给山间的流水，
给金黄的麦浪，
给低垂的白云，
给我的学生娃儿，
还给可爱的小雨滴，
一见面就笑的人儿，
握手问好，
深深的拥抱。
你们如我的老友，
总是在这个季节，

给我惊喜。

六月，
多么熟悉的味道。
记忆在翻炒，
我把最珍视的文字，
写成蹩脚的诗行，
敬给这个六月，
还有不离不弃的你们。

人间值得

看过汪曾祺前辈很多文章，他留给我的印象是抒情的人道主义者，是一位纯粹而风味十足的文人。汪老文笔舒展，细腻逼真，动情传神，入木三分。

汪老除了文章登峰造极，更是一位名副其实的美食家。他对美食精研细琢，是位段位很高的舌尖食客，如他的散文《故乡的食物》都写的是美食。故乡的食材丰富，常见的家常小菜就能做出很多美食来，五花肉狮子头、镇江肴蹄、乳腐肉、手把肉、端午的鸭蛋、炒米和焦屑、黄鱼小烩、腊肉扣……

汪老的生活是有情味的，他在平凡的烟火中淬文，在日常琐碎里听风赏月，在一日三餐里煮菜蒸酒，美文都是在书写他的人生烟火，书写大美，书写健康的人性。他曾说："我们都有过各种创伤，但我们今天应该快乐。"活在当下，今天快乐，时时快乐，在多情的世界里深情地活着，这是汪老的崇高，更是他的通透豁然。没有什么比看清了生活，找到快乐更重要，汪老享受生活，敬仰生活，高于生活，把贫苦、纷杂、艰涩的生活过成诗，过成一桌珍奇佳肴。那是缘于他找到了生活鲜红的一面，他觉得人间值得。

许姨，一位年近六旬的阿姨，她一生命运多舛。年轻时远嫁，虽然与丈夫恩爱，但她一脉未生，丈夫终是露出人性不堪的一面，把她赶出家门，另娶娇妻。许姨回落娘家，与父母哥嫂同住，一年过去，年轻漂亮的许姨再嫁，就在她的老家背后的大梁山里。男人五大三粗，壮实憨厚，只是家境穷困，一大家人窝在一个草棚子里。晴天还好，若下雨天，外面下大雨，里面下小雨。许姨嫁过去后，男人的父母就把他们二人分开单住，他们只分得一根扁担和一双碗筷，自此许姨没日没夜地劳作。白天上坡砍树（听她讲是为了卖钱凑钱修房子），种田，见子打子，什么活都干，夜晚就着月光在月下打扫、整理、洗刷。那几年她与丈夫，没有一刻空闲，挣钱、攒钱、找木料、打场坝、栽小树，几年下来，他们的钱攒了不少，基地周围的景观树也长高了。他们请匠人，自己打小工，修了幢三间两层的木屋，这对他们的家庭来说是天大的事，是他们的父辈们遥不可及的事，她去四年就实现了。第五年她为她的丈夫生了个虎头虎脑的大胖儿子，取名勤善。如今勤善是一名公务员，许姨又成了大梁山村委会娱乐团团长，每天和她的姐妹们莺歌燕舞，好不热闹。

聋叔是我表叔，只比我父亲小两个月。聋叔的聋不是先天的，是被打聋的。聋叔自小聪明。小时候他在山里放牛时，在深山中自刨了一块地，在春天里，他学着大人在地里种下了土豆、玉米，到了秋天他放牛进山，除了主人家给他的干粮，他每天都吃着他自种的粮食，吃得饱饱的。放牛回家他也不忘给家里人带上三五个土豆和几条玉米棒子，家里人也习以为常。一天主人家发现了端倪尾随其后，在他的田地里逮个正着，主人很是生气，一掌打在他的头上，聋叔倒地，双耳流血。等他醒来，已是一天后的深夜，聋叔自此聋了，主人家也未有半点愧疚。只是聋叔从此离家出走，一走17年，17年后聋叔回家，一家四口，两儿似画，巧妇娉婷，聋叔也发了福，不再是个瘦猴，他比画着说："因祸得福，我虽然聋了，但打醒了我的自尊，只要努力活过，就会人间值得。"

人间值得努力、值得奋进、值得创造、值得付出、值得幸福、值得拥有，人间值得。

匆匆那年与小青蛇

时光如一滴清泪，从指尖缓缓滑过，像雾，像雨，又像风。它浸透了多少人间琐事，囊括了人世多少悲欢离合，看清了人海多少世态炎凉，治愈了多少喜怒哀乐。正如古人所说，春花事好，为学须及早。花开有落时，人生容易老。

我看了一部电视剧《匆匆那年》，印象深刻。该剧用16集的篇幅，讲述了一群高中死党的成长故事。故事从纯真的年代（1998）开始，讲了爱情，更关乎友情；关乎成长，更关乎挣扎的故事。在这个故事里，你将看到你的同桌和同桌的你，这里有你懵懂的爱恋，这里有你无畏的勇气；这里有你最早的闺密，这里有你人生的第一个兄弟；这里还会有高中生该有的早恋，成长中该有的阴暗残酷，以及生活中该有的起伏挣扎。

我还看了原著，该书通过诙谐的文字，以方茴和陈寻的爱情故事为主线，描述了80后的一代青年的情感与生活历程。方茴的回忆让人仿佛再次回到了90年代末的北京，在时间跨度长达10年的叙述中有美好的青春校园生活，有涉及青少年犯罪的探讨警示，有新中国成立五十年大庆、迎接新世纪、北京申奥成功的历史事件，有大学时代的颓废迷茫，有工作以后的艰难奋斗，有婚姻生活的现状等，该书以独特的视角真实记录了 80 后的成长轨迹和他们富有时代感的鲜明印记。

时光如白驹过隙，稍纵即逝。又有多少人能惜时知趁早，又有几多人知道珍惜眼前的人事物？

五楼有一位大爷，他是我这些年里见着的最勤劳的人。每天早晨 6 点，无论刮风下雨、春夏秋冬，他总是按时下楼，一手提着收音机，听着新闻联播，一手拿着一柄长剑，豪气干云。他走到院子里开始他经年累月的晨练打太极。音乐起：一、起势。二、左右野马分鬃。三、白鹤亮翅。四、左右搂膝拗步。五、手挥琵琶。六、左右倒卷肱。七、左揽雀尾。八、右揽雀尾。九、单鞭。十、云手。十一、单鞭。十二、高探马。十三、右蹬脚。十四、双峰贯耳。十五、转身左蹬脚。十六、左下势独立。十七、右下势独立。十八、左右穿梭。十九、海底针。二十、闪通臂。二十一、转身搬拦捶。二十二、如封似闭。二十三、十字手。二十四、收势。

练长剑：只见他刺、劈、挂、撩、挑、点、崩、截、抱、带、穿……招招利落，剑剑生风。我们问他："大爷您什么时候开始打太极和练剑的？"他略带羞涩地说："从 20 多岁。"好一个老者，把时间都锁在了太极与练剑里，他鹤发童颜，留住了岁月。

我曾给 306 班的学生讲过一条小青蛇千年修行的故事：华山脚下清水池的石桥下有一条小青蛇，青蛇长得标致，青绿透亮的身体，一双醉人的丹凤眼，一枚如血的长舌，外加一尾通灵的长笛。小青蛇在桥下干净如练的石板上修行，上修寒暑，下修春秋，时间在它的蜕皮、长大、变美、涅槃中溜走，一走一年，一走百年，再走千年，小青蛇修化成人……故事还在继续，每周在更新，时间也在流逝，一周 10 分钟的更新故事，孩子们喜欢，同时也在享受时光。

东流逝水，叶落缤纷，荏苒的时光就这样悄悄溜走，慢慢地消逝……

栀子花香

周末有雨，我漫步院内，临风听雨，别有情味。

院子娉婷，幽静娴雅，花艳鸟鸣，荷池鱼尾，时而有风，栀子香浓，我闻香走近，几大树洁白的栀子正点缀在院林中，栀子花树不高，但很粗壮，蓬勃的枝冠像一柄柄硕大的花伞，一朵香甜的栀子宛若一只展翅欲飞的白鸽，又如一位窈窕翩跹起舞的淑女，她正仰着头，张合着洁白素雅的容颜，毫不吝啬地吐露着她的芳香。真香呀，我俯身贴近花，用力地嗅了嗅，顿时神清气爽，五脏六腑都浸透花香，身心顿得宁静。栀子花又开了。

多年前有一美妇，坐在小庭院里，女人手捧男人为她摘的栀子花，反复观赏、亲吻，那样珍视爱惜一朵洁白的栀子，她病倦苍白的脸上，栀子花为她涂上了两朵红晕，栀子花朵也笑得合不拢嘴，一亭一花一人，一花一生，如今那好强、能干、努力想做她自己的女人已故多年，亭常在。年岁易失人易老，只有花如故。

每年端午前后，栀子花就开了。

花开花语诉，人爱人尽知。

栀子花花语：坚强，永恒，一生守候，不变的爱。它表达了一种高贵的寄托。人们认为洁白的栀子花是仙女的化身，代表着纯洁永恒。

传说，栀子花是天上七仙女之一，她憧憬人间的美好生活，就下凡变为一棵花树，独自矗立在田埂上，欣赏人间烟火。有一个年轻的小伙子，孑然一身，生活清贫，一天他在田埂边劳作看到了这棵俊秀的小树，就欣喜地移植回家，对她经年累月百般呵护。于是小树生机盎然，蓬勃长大，开出了许多洁白花朵。为了报答主人的恩情，她白天现身为主人洗衣做饭，晚间香飘院外。当地老百姓知道了，从此家家户户就都养起了栀子花，人人都对她喜爱异常。

因为栀子花是仙女的化身，女人们个个都佩戴着它，真是花开遍地，香满人间。

一朵朵栀子芬芳四溢，一坡坡栀子香飘校园，学校的栀子也香了，一坡的小树，都缀满了洁白的栀子，上学、放学、吃饭上下都要经过它们，看看：一坡的小树，树树白花盈缀，成行成列，高低参差，香飘醉人，老师、行人、孩子们走上走下，都要驻足观望，香，太香了，真想偷偷摘一朵。闻闻：把鼻子伸进绿栅栏，贴近一树栀子，嗅，用劲嗅，香，一阵沁人心脾的香。它如夏日吹拂的一阵凉风，令人爽心悦目，称赞不已；又像冬天里的一团烈火，浓烈密稠，令人难忘；又如秋天湛蓝的远天，让人心驰神往，百感交集。

栀子花开了，又是一季芬芳。

杜甫说：

　　栀子比众木，
　　人间诚未多。
　　于身色有用，
　　与道气相和。

临风听，春风十里似故人

临风听，

春风十里，

似故人。

木箍的脚盆，

在阿大的手里稳稳地盛起，

满盆的亲情，

滴水不漏。

临风听，

春风十里，

似故人。

鱼香肉丝，

嫂子的拿手好菜。

乌鸡炖蘑菇，

干煸小土豆，

油炸刀鱼，

豆香黄牛肉，

蒜苗点豆腐，

腊猪蹄加枞树菌，

爆炒鱿鱼，

一桌的好菜。

醇香的人参美酒，

把亲人们个个馋醉，

端午佳节。

临风听，

春风十里，

似故人。

阿大的魔笛，

在黄昏的屋檐下响起。

婉转如潺潺溪流，

激越如高山流水，

低诉如林中翠竹，

高亢如海啸巨浪。

笛是手中器，

人在景中醉。

扬鞭催马一曲尽，

心留草原泪满杯。

当年横笛俊小子，

今日黑发两鬓灰。

临风听，

春风十里，

似故人。

山依旧，

水长流，

时光匆匆复匆匆。

长廊十里故园路，

一草一木总关情。

木心有诗云：

"记得早先少年时，

大家诚诚恳恳，

说一句，

是一句。

清早火车站，

长街黑暗无行人。

卖豆浆的小店冒着热气，

从前的日色变得慢。

车，

马，

邮件都慢，

一生只够爱一人。

从前的锁也好看，

钥匙精美有样子。

你锁了，

人家就懂了。"

临风听，
听，
春风十里，
柔情。

如有岁月可回首

我说：

如有岁月可回首，

愿做一只火烈鸟，

飞在蔚蓝的天宇下。

满嘴衔着怒放的鲜花，

去把美好与温馨种下。

你说：

如有岁月可回首，

要做一回雪山上的雄鹰。

挥动长而利的喙，

一撇一捺地把人字刻下。

我们说：

如有岁月可回首，

愿屏息凝神，

小心翼翼，

俯视无奈，

拼搏竭力。

要笑谈走过的路，

不悔让泪水无声滑落。

他说：

如有岁月可回首，

愿选择善良。

在寒冬里送一季温暖的春天，

在夏日里赤脚扣手走向遥远。

愿为众生筑一座大厦，

除去疲惫，

留下温暖。

浅浅的微笑，

淡淡的热闹，

犹如父亲的臂膀，

母亲的依靠。

如有岁月可回首。

我们：

将会抛弃所有的烦恼与忧伤，

激情澎湃燃烧一场。

不负生命的歌唱，

用汗水褒奖灵魂的高尚。

如有岁月可回首，

愿做一座山，

一座顶天立地自己的山。

如有岁月可回首，

愿做一条铺满阳光的路。

珍惜日晒雨淋的情缘，

懂得花的心事，

草的艰难。

如有岁月可回首，

愿做一名调皮捣蛋的好学生。

坐在课堂上专注地读书写字，

不再，

风雪中流浪，

却在小纸条上写满诗和远方。

如有岁月可回首，

我要把它安于湿漉的清晨，

让它吮吸日出的第一米阳光。

如有岁月可回首，

我要将它抛向蓝蓝的天空，

让它放飞自己的每寸梦想，

而我会将记忆之锁抛弃，
在一米一粥中反复思量。

如有岁月可回首，
喝情怀三杯，
温柔五滴，
往事一勺，
乡愁少许。

小哥

　　一个平凡的人，一个英俊幽默的人，一个重情重义的人，一个才华横溢、懂浪漫、会生活、心怀他人的人……

　　小哥，我最敬重的人。

　　他说："如果时间自由、金钱自由，我会长生不老。"

　　他说："我想做一个，睹一物、遇一事，就能让他人记住的人。"

　　他说："人生苦，要让苦长出甜芽，闻见花香。"

　　他说："我能做到最好，也能做到最坏，要看你对我的态度。"

　　他说："错了就是错了，人要承担责任，努力地往前走。"

　　他说："对你好的人不一定说好听的话、唱动听的歌，但是无论何时何地都用心帮你看着脚下的人。"

　　小哥，20 世纪 70 年代生，一"枚"村支书。

　　小哥是和我挨胎出生的，只比我大两岁，在生活中他就像我的大哥与父亲（童年除外），对我关怀备至。他像山，像海，像阳光，像微风细雨，给予我安全与温暖。

　　童年像一幅永不褪色的画卷，五彩缤纷，人间绝味。情怀、往事、温暖、稚趣、欢笑，历历在目，年少的小哥，长得虎头虎脑，五官俊秀，一个圆嘟嘟的屎跨肚，衬着他胖胖的身段，白白净净的皮肤，加上他那讨好灵巧的小嘴，把姐姐妈妈的爱都从我身上全部掠夺，我这个大醋坛子被打破得遍地散落，她们眼里、心里、嘴里每时每刻叨念的都是小兄儿、小兄儿、小兄儿，哪还有我的位置。我小时候聪明，因姐姐的无数次数落，妈妈的厉声呵斥，让我对她们的掌中宝、心头肉有点羡慕嫉妒恨，为啥每次姐姐洗衣都拿他与我作比："你看你一个小姑娘家家，才穿的新衣，三天不到就把口袋扯破了，口袋里尽是乱七八糟的石子、树枝、纸团，你小哥哥的可干净了，你看，你看。"妈妈也说："女孩家要像个样，整天像个疯丫头，不像你小哥。"整个童年在小哥没有长开长大的童年，我都与小哥对抗，整蛊他，但同时也很依赖他、羡慕他。

随着年岁长大，我们都成年，我参加了工作，小哥先我毕业于恩施财校，阴差阳错他没有进编，他毕业后当过老师、烟草执检、农机站等工作人员，但每到进编解决户口时，他总是与之失之交臂。他的工作能力强、人很好，后来干脆外出打工，在一家公司任职，工作两年，中途回家认识了我的幺嫂彭红。彭红，一位俊巧伶俐的可人儿，她家境富裕，从小未曾吃过丁点苦，与我小哥相识相恋结婚生子。虽然我幺嫂从小养尊处优，但她个性要强、聪明干练，是安家理事的一把好手。自从他们安家后，家里里外外被幺嫂打理得井井有条，小侄儿像从画里走出来一般，小哥的能干、幺嫂的持家，他们的日子红红火火、富裕温馨。人在安泰的时候，也是最危险的时候，一个很幸福的家，一对很般配的年轻的黄金搭档，是要经历生活的冲撞与磨砺的。外人的眼红、年轻的气盛，翘歪了他们的安定，两个优秀好胜、硬气的人都未逃脱世俗的乱火，一对至死不渝、情深似海的恋人在他人的聒噪里各奔东西。小哥哭了，一个钢铁般的男人眼泪滂沱，他病了，病得很重，做了几次手术，他消沉，他颓废，他痛彻心扉，他暴瘦。我的小哥，我一生不曾服输的小哥，我英俊、风趣、聪慧、干练的小哥，在那一段婚姻里，割掉了他的阑尾，剥开了他的鼻腔，吃痛了他的关节。但愿有幸遇良人，暖他余生。

小哥在20多岁时，乡镇干部就推选他当村支书，他一直不愿答应，直到10多年后，他40多岁时，驻村干部与村民齐推荐他当村支书，他才担起村支书的重任。从2018年担任支书起，他把所有的精力都投入工作中，针对深湾村人口多、偏远、贫困落后的实际情况，他与村委领导班子，研讨实际解决方案，围绕增收抓产业、维民抓和谐，该村结合实际发展中药材，引进种植百合、七叶一枝花、牛膝、魔芋、贝母、竹节人参等名贵中药材，大力发展种植反季节蔬菜，奠定脱贫增收基础。先后为该村争取多项资金，加强村基建设、道路建设，改善了曾经贫困落后的面貌。2018年就争取到28万元扩宽改造了5公里的连组入户道路，争取到162万元硬化了3.2公里组级公路，解决了60户180多人的出行困难问题。今年在小哥与驻村干部的艰辛努力下，又争取到村基建设上百万元的款项，小哥还对该村党建资料不规范、人员岗位适调、工作作风、党建等问题进行了整改。自2018年至今，深湾村在小哥的带领下，坚持推进脱贫攻坚工作，认真贯彻"创新、协调、绿色、开放、共享"新发展理念，将绿色高效发展与脱贫攻坚融会贯通，发展大棚田地中药材，大规模增加无公害蔬菜等特色产业，聚多方力量助脱贫攻坚。现在深湾村党支部正结合"不忘初心、牢记使命"主题工作继续深入。相信在不久的将来，深湾村将会呈现最美乡村风貌。

小哥，愿你真的健康不老，永远自信、乐观、睿智；愿你冬不寒、春来暖、余生良人相知相伴。

小哥自传（摘抄）

雪锋，少时乖巧，长大奔放，曾怀以济天下之雄心，然无翻江倒海之环境，落拓入农道，二十四岁遇红，定认前世缘分，两爱相生，遂成夫妻，红生富户，伶俐通透，淑贤如山，豁达似水，又一年后得一雄儿，性极灵慧，添人生无限乐趣，茅屋墟舍，然顺应自然，求得天成，为人为文，做夫做妇，绝繁欲，弃浮华，归其天籁，处烦嚣尘上而自立也。

人生不易，且行且珍惜

"人生不易"，我们都是从小听着大人们念叨着这个词长大的，人到中年才能真正体会这个词的分量与含义。

所谓的不易，是指我们在成长的过程中，生活里，不会总是一帆风顺，总要经历困难与磨砺，经历风吹雨打，经历世事无常，经历生离死别，经历千磨万击。但这一切对一小部分人来说不算什么，甚至会觉得这是生活的调料，是成长中的钙铁锌，是阳光、雨露、花香、美酒，是能给他的生活注入生机与活力的能源。但同时也有大多数人认为，生活中的苦，生活中的挫折与困难，是一道道难以逾越的鸿沟，是扼杀他们希望的凶手，是万劫不复的沼泽泥潭。其实每一个人出生时，都是差不多的，是后天的环境造就了一个又一个性格迥异、天差地别的个体。

我特别喜欢一部动画片《哪吒之魔童降世》，看了很多遍。这部动画片很有意义，神话故事性浓烈，融魔幻、神奇、玄妙、创新、趣味、人性为一体。这部动画片很受欢迎，观众在不经意间被里面经典的台词所震撼，被精彩的故事所吸引。一个丑丑的、不受人待见的哪吒诞生了，他从出生就背负必死的命运，连同周围人的偏见。最终他通过自己的努力，扭转了陈塘关百姓对他的偏见。他也感化了敖丙，两人一起扭转了一个原本无解、必死的结局。作者之所以做这个主题，一方面，这是他自己压抑多年的释放；更重要的是，我想他是希望给正奔跑在自己理想道路上的人们以鼓励、希望、温暖与力量。

其实哪吒就是我们每一个人，即便被塌下来的天压歪了头，也能挣扎着生出三头六臂把天扛起来！

还有一个十分感人的故事。我最好的朋友，她有两个孩子，一儿一女，两个孩子都很聪明，学习成绩也好，可他们的父亲是个赌鬼，当然现在已改邪归正。多年前她的大儿考上宣恩一中，孩子妈妈一直催她老公攒钱送孩子上学，可他却在孩子要上学的前两天失踪了。小女儿上学也遇到了一样的困难。我那要强能干的朋友硬是赔着笑脸，低声下气，四处筹钱，可又有谁可能借给毫无门路的她呢？她找到我，我两次都为她解了燃眉之急。她为筹钱曾一夜白头，这是她后来跟我说的。一位母亲，在男人逃跑后，毅然决然地挺起胸膛，拉着孩子走向学堂。这是一位伟大的母亲，一位了不起的母亲，一位受尽了世态炎凉的坚强的母亲。她现在很幸福，她用女人的坚忍、不屈，拼命劳作，送两个孩子读完大学，她老公也走出了低谷，一大家人和美幸福。

人生犹如一趟远行的旅程，上车的时候一无所有，下车的时候还是一无所有，而人生的意义就在于中间的旅程。不管旅途是平坦的，还是坎坷的，我们都要去珍惜，无论失去什么，都不要失去骨子里与生俱来的人性。人性决定自己生活的态度，决定自己对待人生的态度，决定自己生存的方式。来到这个世界上，每个人都有自己的使命，都有可能被别人期望着，或者说，自己还承担着某种责任，所以我们都要珍惜人生的每一段经历和过程，一心向善，懂得上进、珍惜和感恩！

人生之旅，有的人中途下车，有的人到达了终点，每个人都无法决定自己生命的长度，但每个人都能决定自己生命的宽度和厚度、快乐与幸福，还有质量。即便如此，我们也不能一味盲目地追求生命中的快乐与幸福，如果这样，反而会阻挠幸福和快乐的降临。因为生命当中除了它们之外，还有更为宝贵的东西，那就是奋斗的历程。这才是我们回味无穷和受益终身的宝贵的财富。因此说只有怀着乐观、勤勉的生活态度，不以物喜、不以己悲，享受生命中的每一天，做好自己，活在当下，才是最重要的。

人生不易，且行且珍惜！

五月

初夏的五月……

你还别说，都到了夏天，天气依然是冷冷凉凉的，就在前几天，温度还降到只有几摄氏度，海拔高的地方还下了雪、降了霜，把地里的庄稼都活活冻死了。人们一夜之间从夏天又回到了冬天，前一天还穿着短袖薄褂子，次天起要穿大棉衣，是谁令这气候变化异常、捉摸不定？这可苦了农民伯伯哟，好好的一坡玉米苗，被雪霜冻死了，一田碧绿旺盛的土豆也被霜打了，高山的农作物都不同程度地受了寒冻的侵袭……这老天爷的事谁也算不准。

除了偶尔回忆下严寒，其实初夏的五月最是让人动心。夏天来了，是一场邀约，更是一次痛彻心扉的爱恋。五月的初夏，天把蓝都泼洒出来，蓝蓝的天是那样纯美、透彻，美得不忍留下一点墨迹，绿植在这一季更是肆无忌惮，它们发疯似的猛长，绿叶、绿草、绿花，绿成了这一季的主打曲。它们把曲调调成《义勇军进行曲》，那高亢的声音、勇往直前的节拍，和那风调雨顺的样貌，着实让人感动。花开啰！那是货真价实的真花，在这一季里，她们化作仙，化作美人，化作精灵，与世人周旋调情。她们沉鱼落雁，倾国倾城，她们不论身价，落池中，或婷婷檐下，或崖立，或倚爬，不过她们都有共同的特点，大气、美、无私、守时，花有花的骨气，花有花的骄傲，每年她们都热热烈烈地来，轰轰烈烈地走，把大地装扮得千姿百态、五彩缤纷，予人们无尽的思念与欢欣。

气温慢慢地升高了，在适宜的气候里，万物都活动开了。一只蛰伏在地下的蝉蛹，经过几年甚至十几年的参悟，破土而出，蜕去外壳，长出双翅，飞向蓝天。它吮吸了几口新鲜的空气，让自己的胸腔充盈饱满，然后它学着扇动翅翼，发出动听的歌，知了、知了、知了……整个树林都有它的同伴，它们叫醒了树林，树林开始热闹起来了，人、动物、阳光、野花、山溪，都在夏夜中乘凉，听着风爷爷给他们讲了千遍万遍的老故事："一只独角的三眼山羊，在拐脖子树下的第十九朵山茶花前，看见了一条七脚青皮、红花的怪头大蟒蛇，三眼山羊用它的无影脚与锋利无比的犄角把红花怪头大蟒蛇打到落水溪桥洞旯旮里去了……"

夜越来越深，夜色如洗，一弯新月如钩，静静地抚摸着大地，是谁在高歌一曲：

明月几时有？
把酒问青天。
不知天上宫阙，
今夕是何年。
我欲乘风归去，
又恐琼楼玉宇，
高处不胜寒。
起舞弄清影，

何似在人间。

转朱阁，

低绮户，

照无眠。

不应有恨，

何事长向别时圆？

人有悲欢离合，

月有阴晴圆缺，

此事古难全。

但愿人长久，

千里共婵娟。

　　五月如酒，它灌醉了多少男男女女；五月如画，它绘出了新时代的《清明上河图》；五月如歌，它唱尽了人间冷暖悲欢离合；五月水涨、花繁、树浓、人忙、稻香。

　　人间五月值得。

智慧的火花

智慧的火花能跨越时空，上下五千年熊熊燃烧，照亮时空，渗透古今。

杨氏之子

梁国杨氏子九岁，甚聪惠。孔君平诣其父，父不在，乃呼儿出。为设果，果有杨梅，孔指以示儿曰："此是君家果。"儿应声答曰："未闻孔雀是夫子家禽。"

故事选自南朝刘义庆的《世说新语》，该书记载的是汉代末期至晋代，上流社会的士族们的逸闻趣事。

故事的大致意思是：在梁国姓杨的一户人家里，有一个儿子今年刚满9岁，众人都知道他非常聪明。有一天，孔君平（285—335年，字君平，吴郡太守，后官至尚书）拜见他的父亲，恰巧小孩儿的父亲不在家，孔君平就把这个孩子叫了出来。孩子热情地接待了孔君平，为其端来热茶水果，水果新鲜品多，其中还有杨梅。孔君平指着杨梅对孩子说："这是你家的水果。"孩子马上回答："没听说孔雀是先生您家的鸟。"

　　故事中的重点部分。孔君平看到杨梅，联想到孩子的姓，就故意逗孩子："这是你家的水果。"意思是，你姓杨，它叫杨梅，你们本是一家嘛！这信手拈来的玩笑话，很幽默，也很有趣。孩子应声答道："没听说孔雀是先生您家的鸟。"句子中的"家禽"不同于21世纪的"家禽"，这里的"家"和"禽"各自独立表达意思。从这里可以看出杨氏子是个聪慧、能言善辩的孩子。他的一句"未闻孔雀是夫子家禽"，回答巧妙在哪里呢？孔君平在姓上做文章，孩子也在姓上做文章，由孔君平的"孔"姓想到了孔雀；最妙的是，他没有生硬地直接说"孔雀是夫子家禽"，而是采用了否定的方式，说"未闻孔雀是夫子家禽"，婉转对答，既表现了应有的礼貌，又表达了"既然孔雀不是您家的鸟，杨梅岂是我家的果"这个意思，使孔君平无言以对。因为他要承认孔雀是他家的鸟，他说的话才立得住脚。杨氏子表现了孩子应有的礼貌，他语气委婉，机智、幽默而思维敏捷，又表达了"孔雀不是夫子家的鸟，杨梅又怎么是杨家的果"，使孔君平无言以对。既没有伤了两家的和气，又让人一笑而过。

自相矛盾

　　楚人有鬻盾与矛者，誉之曰："吾盾之坚，物莫能陷也。"又誉其矛曰："吾矛之利，于物无不陷也。"或曰："以子之矛，陷子之盾，何如？"其人弗能应也。夫不可陷之盾与无不陷之矛，不可同世而立。

故事讲的是：楚国有个卖矛又卖盾的人，他在大街上叫卖，他首先夸耀自己的盾，说："我的盾很坚固，无论用什么尖利的矛都无法穿破它！"然后，他又夸耀自己的矛，说："我的矛很锐利，无论什么盾它都能穿破！"有一个人问他："如果用你的矛去刺你的盾，会怎么样呢？"那个人被问得哑口无言，无以言答。什么矛都无法穿破的盾与什么盾都能穿破的矛，是不能同时出现在一起的。

故事揭示的道理：世上不可能共同存在牢不可破的盾和无坚不摧的矛，这个楚国人片面地夸大了矛与盾的作用，结果出现无法自圆其说的局面。比喻说话做事前后抵触，不能自圆其说。做事说话皆应三思而后行。

徐孺子赏月

徐孺子年九岁，尝月下戏，人语之曰："若令月中无物，当极明邪？"徐曰："不然。譬如人眼中有瞳子，无此，必不明。"

故事大意：徐家小孩童（徐稚）9岁的时候，有一天夜晚在月光下嬉戏玩耍，有人对他说："如果月亮中没有大桂树、嫦娥、玉兔等那些东西，是不是会更亮呢？"徐稚应声回答："不呀。这就好像人眼中没有瞳仁一样，没有瞳仁眼睛一定不会亮的。"

物语闲情

足下万里，移步换景，寰宇纷呈万花筒。

近静的观赏

四月的花、四月的绿、四月的景是肆意张扬的。花无处不香，处处给人以惊喜，繁花是这一季的主角，没有人会不喜欢花。绿就更厚实饱满了，绿意莽莽，让人怦然心动，有一种抽枝拔节的舒爽、发自肺腑的畅快。

四月的校园是鲜亮的，一坡一坡的蔷薇，在书声、美食、列队等富饶的岁月中，浸透了书香，怡静雅致地次第花开，粉红、火红、淡红，热烈奔放的，像挂着一幅幅流动的画，蓬勃生动、流韵生香。人们走过不自觉驻足，仔细地观赏，花还有很多，路旁、树旁、墙角边、栅栏下，花开芬芳，红的似火、白的如雪、粉的像云，一朵朵、一团团、一枝枝亭亭玉立，美得心动，俊得发颤。一枝一枝未开花的茎，枝叶扶疏，像一颗颗绿色的翡翠，绿意流淌，让人不禁想上前咬上一口，绿，翠绿，绿得太诱人了。

此时的大地，都氤氲在花香绿韵里。无论你走到哪里，都是舒适恬淡的绿、笑颜绝色的花、沉鱼落雁的景。花是开给自己的，绿是献给花的，这是绿叶、花与大地的情缘。

远远的仰望

这两周和学生共同学习了几篇关于世界文化遗产的文章，世界地大物博、文化源远流长，几千年遗留下来许多辉煌灿烂的伟大奇迹。

埃及的金字塔，由两篇文章组成。第一篇文章是《金字塔夕照》，课文抓住色彩"金"字来着重描写。九月的开罗是金色的，金色的夕阳、金色的田野、金色的沙漠，连尼罗河的河水也泛着金光，古老的金字塔，简直像是用纯金铸成的，远远望去，像漂浮在沙海中的三座金山，似乎所有的光源，都是从它那里放射出来的。你看，天上地下，黄澄澄，金灿灿，一片耀眼的色调，一幅多么开阔而又雄浑的画卷啊！

这唯美的金色，这优美的笔调，把金字塔的特点描绘得畅快淋漓，金字塔除了形状像金字，还有颜色也与金有关。几千年来，金字塔历经风雨沧桑，它依然熠熠生辉。这似乎是在告诉人们，劳动和智慧永远比金子有价值更贵重。

第二篇文章《不可思议的金字塔》描写的角度与前者不同，作者主要是运用说明方法来说明金字塔的构造、地理位置、大小以及古建筑的精妙神奇。不同的描写角度，综合起来就还原了完整的金字塔。

神奇天成，精湛绝伦，历史悠久，价值连城。

牧场之国——荷兰。荷兰是著名的旅游城市，是出了名的花城、水城，也是牧场之国。作者带领我们欣欣然游览了恬静、祥和、美不可拟的草原牧场，运河湛蓝、草原肥沃，牛羊成群、马儿膘肥、猪鸡成群，人们悠然，碧草连天，这就是荷兰，这就是真正的荷兰。当然这也仅仅是牧场荷兰，荷兰的河流多，低地镶嵌在河流中，像一颗颗绿宝石。荷兰的人口少，只偶尔有喧闹汽笛，人们都忙着种花、养牛、挤奶，享受生活，这才是真正的荷兰。

《威尼斯的小艇》，马克·吐温笔下的威尼斯，是小艇的主场，小艇是威尼斯的精髓、主心骨，人们的出行、日常生活，都离不开小艇，一条条轻快的小艇承载了威尼斯所有的繁华与悠久。威尼斯因水而成，因小艇而活，因人们的智慧而流芳千古。

寰宇纷呈

世界风起云涌，充满了变幻莫测。面向自己、面向世界，人们早就认识了世界的多彩。世界变了，人的思想变了，亦好亦坏，总在变化。相信自己，亦相信繁华的世界，昔日"贫困县"之称的家乡已经不再，皆因社会的进步、人类的努力、共生的观念才成就了美丽的乡村，成就了城市的繁华，更滋养了幸福的人们。

愿物语闲情，都是花开。

雨中即景

学校里的花

下雨了，

成堆的孩子拥进了教室。

雨淋淋沥沥，

润湿的风吹过操场，

在院墙林中吹响了口笛。

成群成群的花，

从篱笆墙脚跑出来，

在大雨中狂欢地跳舞。

在这时，

它们才卸下一身的骄傲，

和着绿枝叶在狂风骤雨中，

低语呢喃。

雷云拍着响手，

远远地当着观众。

花孩儿都鱼贯相随，

穿上了，

红的，

紫的，

白的，

……

五光十色的衣裳。

冲了出来，

张开粉嫩的小嘴，

和着孩子们的节拍唱起了欢快的歌谣。

告别

昨夜我又做了同样的梦，

梦中是妈妈年轻的样子。

妈妈笑颜如花，

她牵着我的手，

从冬走到春，

从小走到老。

风轻轻地拥着我们，

水漾着涟漪，

我仰望着母亲，

月影碎了一地。

母亲的温暖，

传遍我周身，

像一枚太阳，

种植在了我的心中。

妈妈说，

她该走了，

我看着她走向天边，

没入了太阳。

一棵树

一棵小树，

长在春天里。

它思绪万千，

瘦弱稚嫩。

它想长出许多枝叶，

能分辨向南向北。

夏天到了，

一群蚂蚁爬上这棵树，

一声不吭地来来往往。

它们心想，

它们可以在树上安家落户，

可以种下树上的种子，

于是漫长的等待，

花开了，

花谢了，

经过风风雨雨，

一重一重的痛，

种子落到地里，

又长出了许多小树。

秋天来了，

风来串门，

树无法安静。

片片叶子向上，

或疏或密，

姿态却是相同的，

大风没有改变它们的初衷，

带走了最后一片黄叶。

冬天的大树，

站在大地上。

它爱上了漫天飞舞的雪，

一只鸟儿落到树枝上，

嘴里衔着大树的种子。

蚂蚁一家也不再出门，

在门缝里斜着阳光。

风还是不太冷静，

带走了村庄的炊烟，

捎回来游子的乡音。

大树伸伸腿脚，

它听到一个神秘的声音，

立春。

那些非同凡响的灵魂

母亲

在我读师范的第二年，母亲做了一次手术，手术虽然不大，却用刀剖开了两处器官，从中挖下了两坨肉瘤，手术她竟然没有打麻药。后来大姐说："妈太坚强了，医生硬生生划开了她的皮肉，从里面割下两大块硬硬的肉球，她硬是咬牙挺着剧痛做完手术。"当时我听了，冷汗直冒，大惊失色："妈什么时候长肉瘤的？为什么没跟我们讲？""她的病得了好多年了，家里缺钱，怕影响你们的学习，她一直隐瞒着，没有跟你们讲。她长了两个肉瘤，你们都还在上学，你要中考，老幺要中考，二哥要高考，她怕花钱，一直没去医院检查，直到你们都考上了学，读书去了，她才跟我讲。"大姐流着泪说。

这就是母亲，一个隐瞒病情，忍受病痛，用血肉成全、供养儿女成长的母亲。

春容

看过一个故事，让我泪流满面。故事是借上帝的视角来叙述的：

大婚之日我的爷爷离家出走了。"猫儿狗儿就是看家的料，一会儿肚腹空了他自然回。"我老祖如是说。

我爷爷躺在苘麻地里，眼看树影朝西又朝东，竟无人来寻，鞭炮喜乐声也早就停了。厨子昨儿晌就来家里置办，此时此刻想必都吃得鸡肥鸭满，猫狗都沾光，自己却在苘麻地里受饥荒。我爷爷暗自伤感，桂香有意，兰芳多情，她们如眼前苘麻茎细脉软，楚楚温良，爹娘偏看不中，他们做主娶回家的女子"春容"，听说丑，还粗壮。

我爷爷一直未归。那年的苘麻长势喜人，五月怀中有花，六月腹中坐果，一个果，三个果，五个果，留种收苘，晒了捆了，下水沤麻，削皮抽丝，九九八十一关，每一关都是人的虔诚，每一关都是麻的修行。至十月初八我老祖去会上卖麻，有人告诉他在沭河东见着我爷爷，看他跟个队伍走了。我老祖用苘麻果在面食上做印章，祭灶时恳请灶官上天言好事，保家保儿孙平安，明年的苘麻，也还是个好收成。1942 年，苘麻还未收，苘麻果像一个个蜜罐散发着甜香，我爷爷躺在苘麻地里。

他们这一支抗日小分队不幸被日军打散，大部队已做战略转移，到处都是敌人的关卡，被毁的村庄一个连着一个，浓烟哀号遮天蔽日。他没去突围时队长紧急交代的临时联络点会合，而是沿河一路急向南，那是回家的方向。天空变得湛蓝湛蓝，十里平川一览无余。我爷爷把脸埋在苘麻叶子下，风从叶底抚他的身体，那黄澄澄的气息重重叠叠绵软悠长，覆盖他连日的不宁，他竟沉沉睡去。梦里青梧落了一地的花，恍惚之间成群的日军包围上来，他们的脚步声清晰能辨，刺刀上寒光凛然，我爷爷被吓醒。月亮的银光一动不动地洒下来，吞噬着旷野无边。他努力辨认着眼前的苘麻叶子，急切地回想自己身在何处，耳边传来无比真实的窸窸窣窣的声音。我爷爷战栗着屏住呼吸，身上的血液，几乎凝固。

　　一个弓着腰的身影穿过我爷爷身边的苘麻，在另一片苘麻棵里俯下身去，来回摸索了半天，像是找什么，又转到我爷爷这边。那个人影摇着我爷爷的肩膀小声说："你醒醒，你醒醒。"是个女人的声音。我爷爷未敢动也未敢言语。女人开始哭起来："苘麻的叶子要落了，更藏不住人了……庄子里都是鬼子，你的腿烂了……我该怎么办呀？"我爷爷撩开脸上的苘麻叶坐起身来，他说："大姐。"女人本来是半跪着的，此刻竟歪倒在地，她慌乱而含混不清地说："你，你是……你不是，不……"我爷爷说："别怕，别怕。"

　　我爷爷跟女人在苘麻地里摸来摸去，总算找到了那个已经昏死过去的人，伸手触及鼻下微弱的气息，女人又哭起来："他是不是要死了……"我爷爷重新给伤员包扎伤口，他问女人："庄子都被烧毁，人都跑光了，你没走，是因为他？"女人点头，她说她的男人也在队伍上。我爷爷说他自己也是队伍上的人，今晚他必须把伤员带走，再拖下去人会没命。女人要跟他走。我爷爷说不行，这是枪伤，一旦遭遇上日本兵，两人就绝没有再活的说法，不能再搭上一个。女人说了她男人名字，说巧着见着了就给捎个平安话，打完仗就回来。我爷爷听得心头一震，忙问女人叫什么名字，女人说："春容。"

我爷爷月光下仔细看春容的脸，他双手重重抚住她的肩说："好好活着，我们的队伍会打回来的，你男人，一定会回来找你。"我爷爷背着伤员连夜掉头北去，直奔联络点。抗日战争结束，我爷爷回到家乡。见过我老祖，他问："春容呢？"就见草棚里走出一个小媳妇捂着口嗔笑，她说："嘿，当兵的，你回来啦。"

还钱

这是一个发生在我们村子里的真实的故事。表妹15岁，一天她从镇上回家，途中她拾到一个钱包，包里有7000元钱，20世纪90年代，7000元钱不是小数目，她捡到后，仔细查看了包里的物件，没有一样可以寻得失主的信息，她只好站在原地等失主。

可是她左等右等总是没见失主，她还是耐着性子等、等、等，从上午等到中午，又从中午等到下午，来往人多，听说后都围着评评点点，最后都摇着头走了。邻村的一个混混听说了，拉了两个同伙，来到表妹身旁，与表妹搭讪，他说："小妹你在这里干什么？"表妹说："我在等人。""等什么人？""等丢钱的人。""你看我像丢钱的人吗？""我看你像坨屎。"表妹没好气地回他，混混也不恼，一直与表妹纠缠，直到天黑，混混没耐心了，抢了钱包，骑车跑了。表妹哭着回家，周围的人都讲表妹傻瓜一个，那么一大包钱，为什么不偷偷带回家。表妹没有听那一团糟的聒噪，第二天一早，她去了乡派出所，失主找到了，混混被抓了，钱也物归原主了。

表妹现在是身价百万的老板。

小舅

小舅对我很好，虽然我 20 岁才认识他。

记得第一次见面，是我婆婆过生日，他是我婆婆的小弟，矮胖矮胖的，但身板挺拔得像一棵大树，很有精气神。一双锐利的眼睛，总是像在搜寻着什么，我觉得他威严吓人，但随着接触、相处，我才真正地了解他。

一位天生聪慧机智好强很硬气的男子汉。

年轻时的他是生产队长，嗓门大、脑袋灵活，什么事都冲在前面，家贫人多吃了很多苦，后来成家，生了两个女儿，个个漂亮，长得如花似玉，尤其是小女儿，粉嫩嫩的圆脸、俊美的身段，很是讨人喜欢。可是在她读初中二年级时，在寄学就读的姑姑家，不幸被酒精烧伤面部，一个如花少女，小舅是如何让她走出阴霾，重新点燃生活的自信的，这些只有他自己知道。

我成家后，婆婆身体不好，无论大事小情，小舅都来帮忙，春耕、夏忙、秋收，都有他的身影。每每我们回家，他都喜欢来我们家，与我们围炉夜话，一大家人开心畅谈，温馨和美。他把我当女儿一样，我们还在镇里工作时，他杀了年猪，总是挑瘦肉最多的后腿给我们送去，叮嘱我们要好好工作，从农村走出来不容易，要对得起党和国家，他说"他感恩这个时代"，因为他是受过党的恩惠与栽培的。

5年前的冬天，他在恩施州中心医院住院，我们赶去看他。他瘦脱了形，床上各种管子盘绕着他，见到我们，他很高兴，泪水从他的眼中无声地滑落。在了解他的病情后，二舅和我们都劝他做手术，他也下定了决心，几天后他做了直肠癌手术，术后他做了化疗，头发脱落，但他像一块不锈钢板一样又活亮起来，在病房里谈笑风生，像个没事人一样。

出院回家，身上挂着尿袋，他同样行走劳作在田间地头，像是有使不完的劲、打不完的哈哈。

走过的夏天

四十多年前的夏天，
我还没有出生，
住着最昂贵的房子，
呼吸着最纯净的空气。

三十年前的夏天，
是我的童年，
童年真好，
五彩斑斓，
缤纷如画，
我的世界也很广大。

二十多年前的夏天，
我及笄年华，
心性激越，
想象丰饶，
不愿做一粒蒲公英的种子，

总想穿越云层，

俯瞰大地。

看看万水千山的雄壮，

感受城市的挺拔与热血，

摸一摸浩瀚无垠的大海，

摘一朵乞力马扎罗山上的雪莲。

我与病魔贫穷搏斗，

几经扬帆，

着陆有惊无险。

十年前的夏天，

我而立之年。

天生愚笨的我在沉沦中不断下陷，

没有了蓝色的多瑙河，

更没有潘帕斯的蓝天，

朝夕相处的只有柴米油盐，

与一地鸡毛的纠缠。

去年我走过了人生最悲痛的夏天，

亲人离去，

肝肠寸断。

时间在慢慢修补我流血的伤口，

我知道世事古难全，

留一份感恩，

慰一份遗憾。

今年的夏天，

刚好被风吹过，

风轻云淡。

我的世界，

不再有怨恨与对抗，

只是遗憾青春的流逝，

在该努力的时候被蒙蔽了双眼，

没有在既定的命运里及时转弯。

年纪慢慢变大，

不再耿耿于怀。

草原的辽阔，

沙漠的荒凉，

长江的奔腾，

黄河的汹涌，

珠峰的高耸，

秦岭的巍峨，

都在流淌，

在变化，

我只想做一回自己，

在心中修篱种菊。

被风吹过的夏天

倾听夏天，

风很轻，

水在流，

花在倾诉，

一只鸟儿很高兴，

大树也在微微招手。

天很蓝，

没有云，

也没有风，

只有一片思念拂过，

紧贴着我的心，

搓成一缕细绳，

把我捆紧。

山的那边是谁，

让山那样虔诚，

不顾一切地守候，

水心澄澈，

没有私心，

才会涵盖缤纷。

打一份工，

坐一趟车，

看一拨人，

吃一餐饭，

都是缘分。

走过的都是风景，

留下的都是真情。

风起湖水涟漪，

众生感染了自己，

拉长思绪的音符，

让明媚的色调占据，

把脚踝放进水里，

用力挣脱周身的黏稠，

多适宜的风，

刚刚吹过三万里。

一份恬淡的记忆，

在记得与忘却之间，

不刻意，

予笑颜以期许，

予烦恼以疏离，

清清爽爽地走，

走向下一个秋季。

把一身的懒惰，放倒

日子像一枚疲惫的秋叶，那是冷却的目光，凝冷而寒滞。连带着无数的思念，渐渐飘远。

我把过往的故事串联起来，在雨天，在假日里，构思成一幅画，没有封面，也没有终点。星星纸片，偶有温暖，那是故乡的云，还有村头的涌水眼，无声无息汩汩地流过我的心坎。那火红的日头，烫红了一群豆蔻少女的脸，几更酷寒，走走停停，不再天真烂漫。日子如老牛咀嚼，不紧不慢，不惑年纪，想到外面去看看，不管中途多远，或许能找回属于自己的空间。

但愿远方有山峦，亦有静水，能披着绿色的光阴，浸润如梭的歌喉，匹配凝厚的笔墨，唱出家乡熟悉的歌。敬仰远方，天空有大雁，它南来北往，有着清晰的航线，不傲娇，不决绝，而它却有性格，在远方，在飞翔，近看时节在坠落，远看节气在飞翔，破了残阳如血。

任何事情别太较真，用时间放置，你会看淡、会感恩，时间是最好的，谁都逃不掉在里面发酵、改变。匆匆那些年，那些云淡风轻的过往，已成风飘远，唯独我，还站在原点，傻傻地看向自己，列车来了又去了，你终于明白，原来自己买了一张站票。

　　花的味道，由淡到浓，不是甄别岁月，而是学会去欣赏，站在自己的位置看自己，与自然、微妙的晨光、落叶、蝉鸣、日月、星辰和谐，陪伴自己，感恩往昔，聆听浮云飘动，眷顾岁月的包容，去规划一日三餐。

　　画没有终点，站在扉页，想着终点，风雨人生路，没有人一条路能够直白粗浅地通向罗马，即使只有一步，也是抖脚的曲线，回首往事，不言甘苦，但愿经年以后，你我不负岁月不负少年。

春天

春天，

你一步一步走向芬芳。

花儿灿烂，

川行山冈，

布谷声声，

串成音符，

谱写成了一首春天的交响。

一抹金黄的晨阳，

催醒百鸟的歌唱。

风，在河堤上跳跃，

油纸伞撑开了粉墙黛瓦的雨巷。

黄昏的夕阳，

如阿妈的襁褓。

好想，静下坐坐，

写一首关于春天的诗行。

春天，

和想象一起飞翔。

在一个偏远的村庄，

凝视一树繁花，

在蜿蜒的山路上，

抖落怡人的芳香。

许多儿时的记忆，

溢满故乡的鱼塘。

为春天写诗，

写在山岭上，

写在阿妈的炊烟里，

写在阿爸的心中，

还有故乡的小河，

蛙声迷失了方向。

为春天写诗，

歌咏，

太阳，

月亮，

大地母亲，

歌唱中国共产党。

鸟知道，花知道

几年前的院子与现在截然不同。

带你看看现在的院子。

10 多年前我们搬进了这座大院，落户成了国税大院中的成员，院子挺大，树木很多，这些年几经完善，渐成现在的规模。小县城里的人们朴实，都说这院子是我们县城中最美、最安详的，我也不置可否，因为无从考证比较，就没有发言权。10 年前的院子如今我还历历在目，院子侧门上悬挂至今未换的横匾，上有"贡如源"三个鎏金大字。那时我看不透这三个字的含义，现在想想大概意思是说，社会、企业、个人的钱财，除所得之余，会源源不断地汇集来此，以税款的形式交给国家，因为这里是"国税局"。国家繁荣昌盛，国家收取税款，源源不断，言下之意这是一块风水宝地、一个聚宝盆。

走进院门，右边有一丛高大的铁树，呈三角形簇拥生长在椭圆形的大花坛里，这丛铁树就是院子里的财神爷，它们日夜吮吸甘露，吸收天地之灵气，肆意地舒展生长着，一年比一年高大，一年比一年旺盛，人们都称它们为发财树、常青树。院子楼与楼之间是绿化带，里面种有许多名贵的树，春天树木开始发芽抽枝，与地上的草儿相互映衬，绿地、绿树，当然不乏鸟儿们的光顾，这里也是鸟儿们的家。

变化之大还是数我们国税局的院子，由原来的单调的树，绿草坪修缮成现如今的梅园，荷池、假山、风景花盆群植、灯光篮球场、流光溢彩的灯组，每当夜幕降临，灯火如昼，更有一种"贵脚踏于贱地，蓬荜生光辉"的感觉。

此时正是鸟儿归巢的时候，鸟儿在霓虹灯下，开始了它们最为精妙的演唱。听，这时有一只不知名的鸟儿在房前的大桂花树上叽叽叽地鸣叫，它叫几声又停下来，过了一会儿它突然又大声地叫起来，不过变换了声调，喳喳、啾啾啾、叽叽叽。我听得出这一定是一只很幸福的鸟儿，因为它的叫声有高有低，变换多样，充满活力，同时又饱含深情，这是一只小小的不知名的幸福鸟，也许它在讲故事给它的家人听，也许它就是单纯地唱一首催眠曲，反正我不知道，鸟儿们都知道。

如今的院子有两方荷池，左右分布，一方栽浮萍，一方栽荷花，两池甚美，小家碧玉，浑然天成。特别是花开之季，一池池荷花，耀眼夺目，婀娜多姿。院中的花是常开不败的，左边院中春有桃李、樱花、梅花，右边院里有黄梅、蜡梅、杜鹃、大片倚墙的水仙。夏天的花更是美不胜收，法行一墙的蔷薇开得惊心动魄。右边的税务局院子中几棵高大的石榴树正嚼着红如焰火的繁花，美得人心震撼。到了八月满院的桂花次第开放，院子里香气氤氲，沁人心脾，家家户户炊烟袅袅，院内祥静，花心大悦。这些花因时令而绽放，因人喜而择居，花是有语言的，从花苞、苞蕾开始，它就在构思着表达。没有什么比花更暖心暖肺的了，花儿是有灵魂的，每年

76

的花季，它不光是在给予、在奉献，更多的是在倾吐情愫，表达美好爱意，因为花儿有情，花儿知道。

又是一夜的雨，淅沥的雨声一直响在窗外……

这个季节正值初夏，繁花曼妙，鸟语啁啾，那些花的心事、鸟的家常，都被夏天的风吹远了，只留下几痕浅浅的微笑。

人间四月

乡村四月

[宋] 翁卷

绿遍山原白满川，

子规声里雨如烟。

乡村四月闲人少，

才了蚕桑又插田。

四月，在诗人的笔下灵动生辉，在诗人的眼中姹紫嫣红，在诗人的感触里翩跹婀娜。风敲醒了山川大地，四野一片葱绿，春回大地，生机盎然，繁花遍野，绵绵不绝，百鸟啼鸣，子规声声，春雨酥润如油，无声地滋养着大地。四月没有秘密，花开、水涨、树绿、人忙，一个"闲人少"，道出了四月的繁忙与美好。是呀，四月，关于你的一切都是善意与美好的。为了新的年轮，你是爱，是暖，是希望，是人间四月天。

四月的早晨，晨光熹微，行走在大树相拥的林荫道上，和风轻柔、树影婆娑，嫩绿清香的青草味缥缥缈缈，行人寥寥，几幢楼房从树干边伸出边角，灯光迷离，我是晨起较早的行者？不，比我更早的是几位健身的老人，还有一群不知名的鸟儿。武汉公园早晨的时光是小鸟们的盛会，鸟儿从我的前后左右不停地啼叫，它们像在聚会，又像在唱歌，反正叽叽喳喳，没完没了。我停下脚步，细细观看，小鸟多半都是长尾雀，背部和翅羽有白色的斑点，嘴部尖尖、长长的，一起身、一跳跃，尾巴总是先翘起来，再张开长喙开始仰头啼鸣。它们样子相似，但叫声各异，有粗嗓门的，有小音量的；有快节奏的，也有慢悠悠的，等它们一一上场，就听到了一场鸟啼盛会。我站在路中，看着灯光，听着鸟鸣，闻着草香，真的很舒爽，向前走，快步地走，走完将近一公里的直行道，背上已大汗淋漓，双脚也有了酸软的感觉，往回走吧，今天的早晨是有收获的。

四月的雨，总是在人们始料不及时降临，天刚放晴，天气预报也预告没有雨，可一转眼，雨就下起来了，我伏在窗前，欣赏聆听这四月的雨。

四月的雨是一首天籁。

天空有大颗大颗的珍珠从天而降，落地发出叭、叭、叭的声音，声音有的清脆响亮，有的沙哑晦涩，啪嗒、啪啪、啪啪啪、滋滋、滋滋滋……是落在了水泥地上与草地上的声音。

接着雨织起了帘子，帘子清晰明丽透明，随风合舞摆动，那声音仿如丝竹，恰锦缎拂面，沁心爽朗，紧接着雨变得紧凑了，噼里啪啦……哗啦哗啦……雨声越来越响，雨越来越大，像在进行一场盛大激昂的鼓点演奏。雨幕越来越厚，密匝匝的都看不清了，又过一会儿整个天地都氤氲在雨幕里。静谧、肃穆，听！世界都安静了。

过了一会儿，雨渐渐地小了，雨帘又换上了亮丽的色彩，雨落在房屋上、树叶上、草地上，曲调变换成了舒缓的轻音乐，树枝在音乐中开始萌动，它轻摇手指拂动绿色的琴弦，叶儿抬起头，和着节拍，跳起了轻盈的舞蹈；翩飞、点头、挥袖、含笑。花草树木都在鼓掌，桃树、李树、桂花树、海棠树、杜鹃树，各种叫不出名的树木都在这细雨中合奏、弹琴、歌唱。

雨还在断断续续，滴答、滴答，鸟儿抖动羽毛，叫出了声，地上积了厚厚的一层水，一颗水珠从枝头落下，啪！打在水面，两颗、三颗，啪啪啪、嗒嗒嗒，响成一片，水面开出了一朵又一朵的浪花。

雨停了，雨滴偶尔落下，这曲天籁还在继续……

四月里的花，最是香艳，我居住的院子里，有一位退休的老爷爷。他最喜欢侍弄花草，院中一年四季都有花开、花香。今年的花开得最欢，圆形的长亭四围放满了花盆，花盆里盛开着红的杜鹃、紫的茉莉、白的水仙、小小的太阳花、大朵大朵的万寿菊，长长的花藤、矮矮的花架、甜甜的花香，每天我都看到他在侍弄他的花儿们，花儿也很争气，从来没有让他失望过。它们长得旺盛、开得妖娆，长长的院落中，大树、长廊、荷池，也有一角艳红，在日升月落中明媚生动。

四月的这片大好晴川，没有疫情、没有战争、没有病痛，只有爱、有暖、有花香！

流年如诗

　　年岁老去，往事旖旎成一堆细密婀娜的重影，这样也好，细数那么多的时日，流过来、汇过去，似河水流淌，浩浩荡荡，向着远方。

　　远方在哪里？谁也说不清，谁也说不准，也许随波逐流，就是一个方向，没有好坏，只不过多年以后，站在不同的角度回望生活，视线里或许有渺茫或者清晰，让我再次审视，其实那些都是毫无价值的戏词，观众茫茫，而主角一直忘记上场。

　　没有存储记忆，就不会珍惜，那些当年的场景，都是被廉价和被无视的，没有回首的价值；今天，即便是一扇枯瘦的柴扉，都会亲切如阳光，唤起儿时粗野的梦想。

　　抱定一个清纯的影子，让自己在里面简约地游荡，在没有芦苇的荒先里，思念曾经的小舟，哪里有小舟啊！只不过是一个念想而已，一个让自己心醉的岁月流年。

　　人，总归是要忘却的。是源头，也是归宿，直到生命告别的时候，忘却，永远不会记留，于是我知道告别就是蜕变。

　　不轻言岁月，厚重的人生都将书写，我们都要守候，都要积淀。风干了记忆中最湿润的感动，我伏在大地的脚下，躺在粗俗的想象中，就着一抹血红，听着四季优雅美丽的歌。

我在阳光里，铺开了一张想象的画纸，微笑着画着流年如诗！

故事几则

故事（一）
退一步海阔天空

2012 年，莫言在获得诺贝尔文学奖后发表了一场演讲，打动了在场的许多人，听众集体起立鼓掌长达一分钟。在那场演讲中，莫言讲到了他记忆中最痛苦的一件事。

在他年少时，曾跟着母亲去集体的地里捡麦穗，看守麦田的人来了，捡麦穗的人纷纷逃跑。由于他的母亲是小脚，跑得慢，很快就被看守人抓住了。那人没收了他们捡到的麦穗，还扇了母亲一巴掌，然后吹着口哨扬长而去了。

他的母亲被打得嘴角流血，满眼都是绝望。多年后，莫言与母亲去集市，再次遇到了当年那个看守人，那人已变得白发苍苍。他本想冲上去报了当年的仇，可母亲拉住了他，平静又坚定地说："儿子，那个打我的人，与这个老人，并不是一个人。"母亲的一句话，让莫言如梦初醒。人，确实是当年的人，只是时过境迁，再去追究早已没了意义。与其放在心间，不如放下，解脱自己。要忘记别人的不好，记住所有的好，才能看见生活的一切美好。

故事（二）
慢下来

有一个人被上帝安排，带着蜗牛去散步，蜗牛的速度是世界上公认很慢的。这个人很着急，他想走快点，于是他就催蜗牛走快点，并且还威胁蜗牛。蜗牛只能用无辜的眼神看着他，并且告诉他，自己已经尽力在走了。

这个人边走边生气地想：上帝为什么要派个蜗牛陪我散步，那不是浪费我的时间吗？可就在他生闷气的同时，忽然闻到一股扑鼻的花香味，他闻香找寻，发现这里居然有一个花园。他被这花园里的花香吸引住了，这条路他走了无数次，每次都是匆匆而过，居然没有发现这个花园。

这就好像我们自己一样，每天都过着快节奏的生活，哪里会发觉身边的花园？只有当我们慢下来才会感知这世界的一切美好。蒋勋曾说："只有慢，才能发现生活的美。"

故事（三）
一块蛋糕

前段时间，网上有个短片热度颇高。

蛋糕店里，奶奶带着小女孩选了块蛋糕，付钱时却发现带的钱不够，不得已只好退掉。

走到门口时，一个男人追上来把刚才的蛋糕送给小女孩，奶奶本想拒绝，紧接着男人讲述了一段往事。

在他8岁生日那年，很想吃蛋糕，但家里太穷实在买不起，有位好心人见此情形，便买下蛋糕送给他。奶奶听完故事后，欣然收下蛋糕，并且让他留下联系方式以便日后回报。随后，小女孩抱着蛋糕跑回家，开心地准备给爷爷过生日，还把男子留的那张字条拿给爷爷看。字条上没有联系方式，只写着一句话："点点好心善举，泛起无尽涟漪，帮助他人能让爱心传递，也能帮助到你。"过往慢慢浮现，原来多年前送蛋糕的好心人正是女孩的爷爷，而如今字条上的话也是他当年写下送给男孩的。

正所谓：爱出者爱返，福往者福来。善待别人的同时，也在为自己积攒福报。这世界啊，美便在于，有人是照耀他人的光，有人是等待黎明的夜。积善行、守善念、得善果，我们付出的爱，终有一天还会再回到身边。

故事（四）
第二个鞋匠

　　和大家分享一个小时候听过的故事：一个小镇子上，有位年迈的鞋匠，决定将自己的本事传给两个徒弟。在鞋匠的教导下，两个人很快便学艺成功，准备去独自闯荡了。临行前，鞋匠叮嘱了他们一句话："千万记着，补鞋底只能用四颗钉子。"

　　随后，他们来到了同一个城市落脚。修鞋的过程中，他们发现了一个秘密：用四颗钉子是能补好鞋底，但不耐用，客人们要来第二次才能将鞋底完全补好。只要多钉一颗钉子，就可以完全将鞋子补好，不过要多掏一角钱的成本。这时，第一个鞋匠，为了赚双倍的修鞋钱，依旧按照老办法修鞋。第二个鞋匠，在思考了一夜后，决定加上那颗钉子。这样可以节约顾客的时间、金钱，自己也安心。按理说，赚得钵盆满载的应该是第一个鞋匠，结果呢？一段时间后，所有的客人都去第二个鞋匠的店里修鞋。第一个鞋匠店，渐渐没了生意，最后只能关店。世人都不傻，占了他人的一分便宜，人家就会疏远一分，人生的路就窄了一分。诚以待人，那么好运气会如破土的种子，终将长成一片森林。

故事（五）
爱出者爱返

前两天，看综艺节目《心动的OFFER3》，被陶勇医生暖到了。节目里，嘉宾们聊到对疾病的固有偏见，陶勇医生说了这样一番话："在我的门诊里，印象最深的或者是接触最多的就是HIV患者。他们来看病的时候就不说话，戴着帽子和口罩，一般看到这种我会主动上前说，我们可以抱一下吗？"陶勇医生用他的善良，向这些被偏见裹挟的患者传递了一种爱与温暖。在医院工作十几年，他已经见惯了人情冷暖、生离死别，但这一切并没有让他变得冷漠，反而让他越发善良温柔。能付出爱心，就能得到无数人的爱。

故事（六）
知足的人，不会贫乏

《肖申克的救赎》一书的作者斯蒂芬·金，有一套自己别致的"小桌子理论"：他写作的时候，只需要一张小桌子，一平方米大小，学生桌模样。桌上摆放的物品也很简单，一盏足以照亮桌面的小台灯，稿纸或者电脑，再无其他。其实，他也曾尝试过给自己换一张高级书桌，胡桃木材质，宽大如单人床，只为凸显自己人生的价值。如愿以偿的他，发现自己并没有想象中那么快乐。坐在豪华桌子前面的他，灵感全无。不久之后，他就放弃了这张桌子，回到了他那简陋的小桌子旁。

很赞同一句话："你占有支配物质，也会被物质所占有支配。"其实，生活就是这样子，只有舍弃一些非必要的物件，才能做到起舞轻盈。物质低配，并非让我们压缩生存空间，降低生活质量，而是找到一个最适合的生活方式，过着舒心、从容，还有盈余来享受精神生活的日子，于删繁就简的生活中，修出丰盈的内心。

孩子们的眼

假期过完，复学上班。

"孩子，你还有一篇写妈妈的作文没有完成。""老师，我没有妈妈。""你……你的妈妈呢？""我的妈妈在我很小的时候就离开我了。"小杨娟低声地说。"我也是，我也是，还有我……"我没有斥责他们，只是疼爱地看着他们，我心中默默地对他们说："孩子们，你们还小，就让我做你们的妈妈吧。"

清明节放假三天，我给学生布置家庭作业，完成两篇作文，一篇是《清明节》，另一篇是《妈妈》。今天早晨我收作业，检查作业，有几位同学交的作业只完成一篇作文，于是就发生了先前的一幕。我班上的学生有点特殊，是上学期从和平中小学转到实验三小的，其中也有从椿木营中小学转来的，本学期又有从晓关小学、沙道小学，以及从外地转回的学生。学生都来自偏远的农村，学生的学习习惯都还未养成，行为习惯与生活习惯也不是很好。但自从我带他们语文课后，我深深被这一群原生态野蛮生长的孩子感动着，从他们的身上看到了我自己年轻时的影子，野性、活泼、聪明、倔强、懂感情。这一群野蛮生长的小皮孩，人人都有鲜明的个性，但我不知道的是他们中有好多孩子都来自单亲家庭，看着那么多双举起的小手，我的内心隐隐作痛。孩子们，你们的妈妈在哪里，她们在干什么？妈妈在你们心中有着多么大的空缺与缺憾呀。

杨娟，一位浓眉大眼、聪明黏人的乖巧的小女孩，每次上课她听得最认真，笔记做得最仔细，喜欢笑、喜欢哭的小天使，我原以为她一定有一位十分爱她的妈妈，一位对她无微不至的妈妈关爱她，但事实是，在她3岁时她妈妈出走，至今杳无音讯。是她奶奶把她养大的，她开朗的个性、认真的态度，一双忽闪灵动的大眼，她那善良纯真的心灵，都是她奶奶所滋养的吧。

还有很多孩子都是来自单亲家庭，但他们个个都活泼开朗，朝气蓬勃。今天学校组织几个班级去博物馆参观，去的时候我特别叮嘱过，参观回来后要写观后感。下午第一节课刚好是语文课，我让他们把自己今天参观的行程与内容写下来。学生开始写了，但因为他们的基础较弱，一节课只有8位同学完成。我读了刘淑桐、刘妮航、佘桂芳等同学的作文，其中刘淑桐的作文写得较好，她的观后感给人以明快、清晰、生动的感受。他们用他们的眼睛看，他们用他们的眼睛诉说，他们用他们的眼睛提炼，一篇篇较生动的文章跃然纸上。有的同学说：我眼中有中华，眼中有历史；有的说：我眼中有宣恩，眼中有青铜甬，有皇恩宠锡；有的说：我们宣恩有那么深厚的历史背景，有几千年的历史传承；有的说：我们站在历史的天空下，仰望历史，看见了穿越的未来，只有饱读诗书，扎稳根基，才会走得更远。还有的同学说：时间是永远不会滤掉历史的，因为历史的时钟总是提出新的考证。我穿梭在孩子们的眼中，流连于孩子们的心中，锱铢必较于孩子们的字里行间，被孩子们的热情、激情和他们不断增长的才情所感动。

　　他们的眼睛是多么明澈，他们的内心是多么丰富，他们的情感是多么炙热，他们的胸怀是多么宽广。孩子们悦纳了一切美好、精美的艺术形象，高远磅礴的历史，同时也不断美化着飞速进化的文明。如果说眼睛是窗户，孩子就是文明。

词（四首）

醉花阴

春风谈雨愁寻旧，百花未待人消瘦。佳节逢春分，七八十号人，个个沸腾，古寨昨夜又东风，应有暗香盈动，莫道不销魂，满山遍野一如秋。

点绛唇

醉里黄花，起转窈窕纤纤手，花肥人瘦，香汗轻衣透，吹香凝目，才气露，巧与花心诉，仙山琼宇，水长流。却无心带走，恨在梦中留。

虞美人

　　暖风涤荡轻云缕，时送潇潇雨。水边白鹭两只归，一嘴红鱼。湿带落花飞，乌梅渗经辅香绣，依旧成春瘦。黄昏庭院桂啼鸦，记得那人和月赏梨花。

苏幕遮

　　远迎去，访古寨，人似繁花，花不语。无限情云并竟雨，惊醉一河锦鲤，小笺波心举，如此境地，约重游，再三回首，轻别去，高楼玉宇，蓬莱人家叙，痴痴不绝语，十里长廊黄花地，旧日娇娘犹在否？凤鼓舞熙，今夕盛往夕。

人生的意义

　　人为什么要活着？人活着到底有什么意义？是生而气盛、死而有名，还是自我修行，修炼自我、圆满自我？我想说每个人都有不同的标准吧。人一生下来就知道终有一天我们都会死去，每个人都会是一样的结局，没有例外，但是我们活着活着就明白了，我们这一生不容易，应该活得像样活得有意义。

　　人活着，各人有各人的理想，有的人实现了他人生的最高理想，是为官，是为贵，是为人师，是悟修自我。

　　为官者一生清廉、大公无私，但或多或少也有违心的事不得已而为之，但是他也问心无愧，因为任何事情从不同的角度去考量，其结果是不一样的，人生不就是在不断的选择中度过的吗？况且人生有多少人能心遂人愿，心想事成，何必自寻烦恼。

　　能成"贵人"者，商贾巨富，德才兼备是多少人一生的追求，然成功者无一例外大多是经历了九九八十一难，就算是才智过人，得福德庇护，有所大成者，他也必是德行天下之人。抑或是根基深厚，富为二代、三代，且自身也不忘先贤勤勉、砥砺前行、乘风破浪、勇站潮头，或更有甚者，两者兼具、自己超越，青出于蓝而胜于蓝，终得富贵。他们的人生经历是不可复制的，因为他们的履历都是上帝设置的密码，不是一般的人能解开的。

为人师者，自心一定清正。为人师表、身践力行、弟子三千的孔老师，就是典范。无论他的身份多么卑微，衣袋是多么空落无银，境况是何等的悲凉，他的目标始终如一：教化弟子、广布正能、教化子孙，让弟子三千成为师者；培养七十二贤人，传播践行，让"道""仁""礼"得以弘扬；用言行浸润、春风化雨影响教化天下，让国之根基得以清正稳固，树正德，立正气。社会得以发展，民声得以响应，风清政明一片。孔子隐去三千年，他的思想永世不绝。

但我觉得人生最终的意义，还是归于自悟、自省、自我的修行。为官、为贵、为师的最终还是为了修炼自我，提升自我的内心修养，让自我在这些历事的过程中明白，人生的真谛，就是摒弃一切欲望、做回真正的自我，让自己的心身得到净化。自修、开悟，悟一切繁华皆为过往，一切行事都是历练，一切的行为都只有在观自省心之后能得到真实、真己的正确行为，只有自修、自悟，人生才是有意思的。我们空空地来，然后纯净地走，放下身上一切包袱，身上的一切都涤荡干净，让自己所有欲念都化为给予，化为利他，变为付出，你才算活得有意义，我觉得人生的意义就是归心！

做一个自省、自律、自我完善的人，才是人生真正的意义。

春游彭家寨

"奶奶您好！您就是那位上了央视的老奶奶？"校长万民微笑地问。"嗯，是的。"奶奶端坐在石凳上，与游客笑谈，她容光焕发，神采奕奕，90多岁的奶奶见证了古寨的兴衰荣辱，见证了大半个世纪的老寨，时光流逝，世事变迁，而不变的是这一方的山水风情……

3月19日清晨，三实小全体老师带着兴奋与喜悦，和春天一起出发，春游彭家寨。

春风十里不如你，陌上花开卷珠帘。这是对彭家寨最好的诠释。阳春三月，正是最美人间四月天，天刚放晴，沁人心脾的空气，夹带着春的微寒，让每一位老师都心潮澎湃，激动不已。

走近寨门，宽阔大气的寨门高高地矗立在眼前，来自五湖四海的宾客穿行其中。高楼长亭、雕梁画栋、伞饰灯笼、彩扇壁画、艺术屋宇，让人目不暇接。沿长廊亭里有一队队艺术表演者，他们载歌载舞，用热情、微笑，以及精湛的技艺博得行人阵阵掌声，人们被他们的艺术折服，向他们鞠躬致敬。沿途楼阁峥嵘，绿草茵茵，通过检票口，我们行走至报告大厅。今天春游有两项流程，一是举办一场以年级为组的室内读书分享活动；二是室外广场舞和踏春游览。

读书活动在宽阔的报告厅举行，参赛的6名选手都做了精心准备，分享精彩异常，特别是一等奖获得者刘福宾老师，她为我们分享的是《扛住就是胜利》一书。她结合自己的生活，联系生活实际深层地阐述了该书的写作意图，并用她自己深刻的体悟向我们娓娓叙说生活中的不易。她还告诫我们除了要认真对待生活外，也要懂生活，战胜困难，超越生活，过上自己认为舒适的生活，才是真正的人生赢家。她口才很好，妙语连珠，让其他老师在聆听中放松，在学习中愉悦，另外几位老师的分享都很精彩，让人耳目一新，记忆深刻。接着又听了两位老师的讲座，会议结束，我们来到室外。

宽阔的广场，四周是新植的大树，两面相对是高耸入云的青山。广场舞开始了，由几位老师在前面领舞，其他的老师跟着学跳舞，没有参加的老师们，在一旁指点评论，几支舞曲下来老师们都意犹未尽。在老师们的欢笑中，结束了别开生面的广场舞，我们行至摩霄楼。摩霄，顾名思义就是伸手可触碰到天的意思，就是很高很高之意。的确如此，风格独特的建筑，考究的三角形体，流线俊朗的线条，夸张俊逸的风格，不愧是著名专家团队创设。我们乘电梯来到顶层，站在观景台上，整个古寨尽收眼底，"万般生动一幅画"，真是"一水护田将绿绕，两山排闼送青来"。好一幅山寨胜景图，两条巨龙一左一右地簇拥着，一条清碧惹翠的青河从远而近，两山夹带良田油菜。此时正是油菜花繁盛之季，一眼青碧水，两眼尽黄花，百亩油菜花一怒盛放，一片灿烂。红的树、绿的草，阡陌交通，屋宇层叠，晴空万里，放眼望去就如一幅美轮美奂的油画，美，美得不像话，实在是太美了。

快走，去看油菜花！我们飞快下楼走上田坝，啊！一片花海，金黄的油菜花扑面涌来，它来得那么汹涌、那么澎湃，花，金黄的油菜花，一城池的花，一山寨的金黄。一位如诗般的女子跳进花海，她手托照相机，那么恬静怜惜地看着它们。她轻轻地按着快门，那么专注、那么入神。她是爱花的，不然她不会那么传情，那样鲜亮的喜悦；她是爱大自然的，面对这么一片金灿灿的香润，流动跳动的诗，她怎能抑制住她的喜悦、她的才情、她那丰盈的心呢！花、人、笑脸，一切都是那样的应景，一只蜜蜂翩翩飞舞，舞动了一池的花。她停在了一朵花前，油亮金黄的花瓣，有开了的，未开的，半舒展的，多美呀！还有淡淡的花香。我想她那时多想抱一抱那片金色的花啊。

一朵素花、一片凡心、一片花海、一片赤诚，花是美的、景致是美的，人们的心更是美好的，只有美好的事物才能相互吸引，才能产生共鸣。美是可以永恒定格的，只要那么一瞬，就是万年。花心朴素，它只为了给人们带来美与喜悦；花心高尚，它是为了人们而开放的；花是有情物，为它而来的又何止三三两两。一片花海，为古寨增色不少，爱美的女人们，在花丛边绞尽脑汁，摆出各种Pose，照出无数张如花的美照。

走进古寨，古寨的韵味渗进感观，古朴古香，天然纯粹。山寨依山而筑，楼群参差，布局科学，吊脚楼式样众多，但闻鸡鸣狗吠、人声鼎沸，左山间桃花艳红，碧草萋萋；右山上嘉木林立，奇峰秀美，修竹婆娑，怪石嶙峋。整个古寨宛若世外桃源，真感叹大自然的鬼斧神工，天地造化。

略坐小憩，原路返回，再次轻抚河风，尝吻花海，养涤心头尘埃。这灵动山水，养育的何止是一个个原汁原味的古寨土家人，而是心向美好的众生啊！走出彭家寨，就如同走出幻境，让人不禁频频回眸含笑。

暖阳·清风·花香

风吹动窗帘，外面还是一片漆黑，而我已睡意全无，起床踏着微风吸氧去吧……

天边微亮，四周一片寂静，只有偶尔的几声鸟啼，风儿轻轻，但还是带着点料峭的寒意，春天刚来不久，它还是没有完全熟悉这片大地呢，这个季节它略带着点生疏、剥离与淡淡的抗拒。我走着，风一路跟着我，它一会儿轻轻地从背后轻巧地掠过，我敏感地觉得它是一路放肆地、大胆地、旁若无人地拍打着我的脊背；一双冰凉的手，伸进了我的衣衫，渗透了我的肌肤，然而一倏它又呼地飘远了；走几步，它再回过头来，吹起我的头发，盈盈的，有点笑意了。我触碰到了它热热的气息，它抿笑着吹着优雅细长的口号呼地跃过田畦，碰响了菜垄上的胶纸，哗啦——哗啦——呼、呼，河面的水漾起了皱纹，伶伶俐俐地唱着歌儿，向下游奔去。

河堤上的草变绿了，一团团、一片片的绿是那样的鲜嫩、那样的养眼，河滩中站着的几棵大树也抽枝发芽，可见绿芽颤抖，激荡起一河的生机，路旁梅花是那样的艳红，一树挤着一树，像一面面艳红的旗帜。一树一树纯粹的花，一树一树春天的芽，真诱人、真好看。路旁有一棵白玉兰袅袅婷婷地盛开着，一树的花蕾，它很是奇怪，它的花是从枝的底部向上开的，最低的枝上开出大朵大朵粉嫩如云的花朵，其顶部的花蕾一朵也未开放。地理位置的原因，这棵树的脚下有一座石桥，桥下是一汪河水，河水的温度较均衡，温差不大，而树干树枝较高的地方，温度还较低，温度略高的地方的花蕾先开放，所以看上去就是截然不同的景象。半树花蕾，半树花。它开得奇特，美得惊心。

沿途的花树连绵不绝，像一幅连着一幅的油画，这画儿孕育着它们满树的情怀，不枝不蔓、不娇不媚、不卑不亢的，镶嵌成一道亮丽的风景，远望白如一团锦云，红似一把烈火，它们正在暴烈地生发。树，花树，不是一棵再一棵，而是一路的连绵不绝，花、花香满路，沁人心脾，真让人心旷神怡。

花的香、花的美、花的无私、花的心事、花的前世今生，这一路的行人来来往往，是否驻足询问过，是否有了回答？有吧，也许有吧，只是花不言，香如故，春风都为它做了回答。

多美的清晨呀，我想哼唱一首歌，一首发自内心的歌，一首自己谱写的春天里的歌。几只鸟儿不知是否被我惊扰，它们在不远处的树丛中开始鸣叫，一只小鸟扑扑地拍打着翅膀，接着那一片树丛中响起叽叽喳喳的鸟叫，它们啁啾婉转，有的低声应和，有的高声领唱，有的穿插声部，有的拍打节奏。呀！我怎么把鸟儿都惊醒了，它们不是在一起责怪我吧。这么舒适的早晨，这样明媚的春光。它们是在一齐吟诵春之歌吧，一首春天的赞歌。

暖暖的阳光恬静地注视着我们，它把温暖洒向大地，大地开始变暖了，已由早前的微寒变得微热，看一看温度，已经16℃，这个温度刚刚好，不冷不热。再往前行，便到了山顶。山顶是一个大大的写意的"春"字，春的盛景，远山、树林、小草、菜垄、庭院、河流、城市、炊烟……都在春天的暖阳里升温、融化，在晨光中躁动，阳光万点，树木生发，春潮汤汤，人心激荡。一坡碧绿，万株茶林，路中一位少妇背着背篓，背篓里装满春天的礼物，她那样欢愉地微笑着，给我春天般的温暖。

老家·童年·乡愁

老家在我的记忆中由模糊变得清晰，也由向往变得亲近。

老家，准确地讲叫渔塘坪，人们都称恩施红土，老家就在这里，四季常青的山梁上，盘山公路沿着山梁，盘旋而上，直达山顶，再由山顶蜿蜒向下。山脚跟处就是我的老家，一方宅院，一丛翠竹，一坡的果树，四碧的田地，这就是我童年的老家。现在有了很大的变化。这里曾是我儿时最向往的地方。我家所住的地方与老家相距百十公里，在交通工具缺乏的年代，靠双脚走，要走上整整一天。我小时候唯一的一次跟父亲徒步回老家，代价是9岁时的我双脚磨起泡，哭了很多次，而收获的是几十年的魂牵梦绕。

那时的老家很兴旺，偌大的家院，祖父一人统管，祖父是位高大强壮严厉的老汉。父亲有10个兄妹，叔叔伯伯们都成家立业，人丁兴旺，几世同堂；姑姑们也都生活美满、幸福。我与父亲回奶奶家，他们都很是疼爱我，疼爱在外地入赘的他们的三弟。婶婶伯伯们翻箱倒柜给我找来我从未吃过的水果，核桃、甜柿、山芋、香梨……很多很多好吃的。奶奶，一位慈祥的小脚老太太，从此也留在了我的脑海。我的兄弟姐妹们也给我带来了许多的欢乐。

童年的记忆是深刻的，那一段回忆、那欢乐的时光，它就像一幅装帧精美的童话，篆刻在我记忆深处，无论何时何地都可以重温、再现、回味。每每在脑海中重现，都让我激动不已，但它也是较模糊的，因为时间的年轮总在奔跑，快得让人没法追寻。童年模糊的山、水，模糊的面庞，现在变得越发清晰了，我用思念一次又一次地去重温，用脚一次又一次地重走老家。就如同我的故乡，生我养我的故地，与我血肉相连的故地。我的亲人们都好好的，时间会流逝，日月会变换，而血浓于水的亲情是不会变的。就如，我长大成人，再次回到老家，我曾激动得一夜未眠。看到我的亲人们泪如泉涌，看着我年迈的父辈们两鬓斑白我会心痛、会流泪，谁说得明白，这一份血肉包裹的爱，这一份刻骨绵长的情。

当清晨的第一缕阳光透过乳纱般的雾，轻抚着门前的玉米地时，我与小哥已吃过自己热的玉米土豆饭，背着书包上学去了。沿途鸟叫虫鸣，一路清风，儿时玩耍重要，读书次要。有时上学很早，在路途中玩耍，找鸟窝、玩游戏，三五个小伙伴一起，多半是上学要迟到的。迟到了还一前一后地进教室，撒谎逃避惩罚。有时在路途中摸鱼捉虾，一连几天逃学，但那时学业轻，没有太影响学习。记得一次我与同村的几位小伙伴在课余时自己排练"舞蹈"，其实那叫什么舞蹈，只不过是我们自己意会创造的所谓乱蹦乱跳的舞蹈，我们逃课一连排了几天。后来我们去上学，把我们排的舞蹈在学校的台阶平台上演，像模像样的，有主持，有队长，有领舞。学校知道后，让全校的同学都去看。那次"表演"出乎意料地受到了老师的表扬，同学们的掌声也很热烈。我们演后脸红红的，心里丈二和尚，不知老师当时是怎么想的，现在我明白了，因为我也是这样的老师。童年永远是一个说不完的话题，就像是在昨天，去下河抓鱼，去土洞中掏蜜，去玉米垄中赛跑，去山岭上高喊，可是时间都匆匆远去了，时间都悄悄地遁隐了，时间都去哪儿了？

老家，我深深爱恋的故乡啊！

黄昏·湖泊·行人

三月的气温正常，早晚凉爽，中午的太阳有了劲道，直至日落黄昏，气温都是不冷不热，令人舒心爽快，让人不禁感慨，如果一年都如此这般就好了。"三人行必有我师焉"，孔子的名言盛传千年，它是有底气的。

同行三人疾走健身，踏黄昏落日，行十里山路，健五脏六腑，谈节气之疑问，问："为什么到惊蛰，气温就有了明显变化？"师父说："反映自然物候现象的惊蛰，含义是春雷乍动，惊醒了蛰伏在土中冬眠的动物。这时，气温回升较快，长江流域大部地区已渐有春雷。中国南方大部分地区，常年雨水，惊蛰亦可闻春雷初鸣；而华南西北部除了个别年份以外，一般要到清明才有雷声。惊蛰时节春光明媚，万象更新。通过细致观察，积累物候知识，对于因地制宜地安排农事活动是会有帮助的。惊蛰过后万物复苏，是春暖花开的季节，同时却也是各种病毒和细菌活跃的季节。"

我深感大自然之神奇造化，看看天空，晴空万里，夕阳西沉，已没入群山之后，只留下一片金色的晚霞，像几块彩绸飘浮在天边。时有风，把绸带轻轻撩起，形成一条彩虹桥，随即又沉下拉成一条明暗相间的长绳。两头像有人在拉扯，细细定看，那彩云又化作两大团红晕，一前一后地揉动，变化，变、变、变，变成了两匹马、两头羊；一会儿又化身为一张笑眯眯的老人脸，金色长长的胡须，还流着鼻涕，戴着毡帽。我看得入迷，被同伴拉扯着不肯离去，这云霞很是美妙，它变化多端，让人注目。

山下是一汪湖水，春天的水是诗汇成的，谁说不是呢？"春来江水绿如蓝，湖光乘暖碧连天。绕堤映，草色芊芊。舞风杨柳欲撕绵，依依起翠烟。"好一处胜景，站立山岗，一平湖水尽收眼底，湖水碧绿，镶嵌在山底平坝之中，像一块沉沉发光的绿宝石，莹莹地泛着绿光，山峦苍翠，像一条巨蟒盘绕着一块翡翠，又像双龙护珠，嘴中衔着的美玉，没有夕阳的映照，依然美得大气，美得不可方物。我闭眼遐想，假若这一池湖水，有碎光万点装扮湖面，那将会是一种怎样的画面，是满湖飞花、金光灿烂，还是银光闪烁、落雪三千？今天的湖水是静的，静得让人徒生爱怜；湖水是绿的，绿得让人心中生暖；湖水是活的，它灵动蕴含着万象，浸透着来来往往人们的心，猜透了他们的心事，把他们也幻化成一碧纯绿的湖水，让他们把一切美好与闲暇都交给了它。

路人不少，人们的健康意识加强，三三两两，男女老少，有骑车的，有跑步的，有慢慢散步的，也有我们中年阶层，快速疾走的，当然也不乏沿途观景的，人们都在这山中行走，山上吸氧、山顶观湖，一天的时光在春意盎然的三月里说再见。

人生海海，人心海海

　　曾读过麦家的小说《人生海海》，人生的命运是万般波澜，不是人人可以预料、可以设定的，它充满了无尽的变数。你看到的、想到的、听到的，都不一定是真实的。人们所预设的、所期盼的有时恰恰相反。人生海海指，人生充满无限的希望、充满无限的可能，但也可能是你想象之外的境遇，是你始料不及的困境，或是你最在乎的、最为珍视的人与事，你用最大的胸怀涵养了它、滋养了它，让人生得以圆满。海的博大、海的宽广、海的包容，让一切都充满希望、充满无限可能。

　　人心海海，我喜欢这个词，人心像大海般宏广、辽阔，有海的包容、海的平静祥和、海的悦纳、海的波澜壮阔，当然也会有惊涛骇浪、海啸嚣天。海，一望无际，海纳百川，多么丰厚的意境呀！海，之所以能为海，是因为它与众不同，它是海。人心海海，人的心像大海，汇聚了人生百态，百态人生。

　　听说了这样一个关于人心的故事：南宋时期有一个穷书生，他家境贫困，三餐不继，为了考取功名，他勤耕苦读，但年年灾害战火，他也难以维生。有一年他为了逃避灾荒，躲逃在一所破弃荒庙中读书，忽一日，来了一名花容月貌的女子，只见那女子十七八岁的年纪，一身青衫笑靥如花。女子手中提着竹篮，篮中盛满糕饼、点心、水果，香气氤氲，甚是引人注目。穷书生不禁垂涎，此时他已是饥肠辘辘，额头渗出虚汗，直盯着女子手中的食物。女子见此情景，掀开盖巾，拿出糕点，递给穷书生。书生二话没说，就狼吞虎咽吃起来，他实在太饿了，他从来没有好好地吃过这样好的食物，况且还是那么美艳的一名女子所送。直至吃饱后，他才对女子道谢行礼。女子从此成了那破庙里的常客，她常常为穷书生送吃的，有时也为他带些纸墨，还为他缝洗衣物。穷书生在女子的接济下，苦读诗书。三年后，他拜别女子，进京赶考，一举中第，回乡途中，再寻寺庙，却再也无法寻得。记忆中的地方只有一棵百年古树，大树根部有一个狐洞，洞旁的石头上，有几张他用过的废纸，也没有见什么狐狸。他顿时明了，那是狐狸见他可怜，助他学习，考取功名。那穷书生，感激涕零，做官后在当地修建学堂，重修庙宇，立狐仙石碑位，以告天下读书之人。

另一则故事讲的是：春秋时，赵宣子见一个人卧在桑树下，因为饥饿，都站不起来了。赵宣子就给了他一些食物。那人拜谢收下了，却不吃。赵宣子很奇怪，问他为何不吃？那人答道，要留给家中老母吃。赵宣子赞赏这人的孝心，就给了他一大块牛肉和一些钱。

两年后，晋灵公派了一批刺客追杀赵宣子。一刺客追上赵宣子，一照面，惊道："竟然是您，请让我代您死吧。"赵宣子问："义士何人？"刺客说："我就是您救过的桑下饿人。"说完，转身与追来的刺客搏斗而死，赵宣子得以逃脱。

当年，无论是赵宣子还是桑下饿人，都不会想到日后的搭救。

有些人为别人做了些事情，就总想着要回报，似乎觉得这样才不亏。如果没有得到预想的回报，就觉得人心叵测，甚至发誓再也不与人为善。

也许忽然有一天，那个当年没有给你对等回报，你单方面已经绝交的人，向困境中的你毫不犹豫地伸出了援助之手。因为在他的眼中，你早已成了他一辈子的朋友。

大家耳熟能详的一句谚语："赠人玫瑰，手留余香。"

余香留存，一生受用。

人生海海，人心海海，人生难料，人心难测，不管怎样，做一个勇敢、正直、善良、心胸温暖广阔的人，面对不可预知的人生，面对难测的人性人心，做喜欢的自己。

做一个有才情的女子

生活最坏的结果，并不是未来过得不好，活成自己不喜欢的样子，而是当下拥有变得更好的机会，可是你却在担忧中错过了。所以不要把最美好的时光拿来杞人忧天，踏踏实实走好当下的每一步，才是最要紧的。

爱读书、爱思考、爱艺术，生活乐观、心地善良、为人豁达是一个有才情女子不可或缺的基本素养。

无论你正在经历什么，都请不要轻言放弃，因为从来没有一种坚持会被辜负。谁的人生不是踏着荆棘前行，你跌倒的时候、懊恼的时候、品尝眼泪的时候，再坚持一下，你终将会收获属于自己的美好。

无论你遇见谁，他都是你生命里该出现的人，绝非偶然。他一定会教会你一些什么。喜欢你的人给了你温暖和勇气，你喜欢的人让你学会了爱和自持，你不喜欢的人教会了你宽容和尊重。没有人是无缘无故出现在你生命里的，每一个人的出现都是缘分，都值得我们感恩和珍惜。

一、内容简介

《董卿：做一个有才情的女子》这本书以央视著名主持人董卿的才华与气质为脉络，通过细微描述董卿的经历与成长，激励广大女性做一位有才情的女子。董卿认为有才情的女子就是不妥协、不将就，为自己而活，以整洁为貌，以鸟为声，以月为神，以自然为态，以玉为骨，以冰为肤，以秋水为姿，以诗词为心。虽然我们都是普通的凡人，做不到这些，但我们可以用美好的想象、内心的努力，用真实与理智，以及从容不迫的态度去践行、去追求。用心地体验生活，创造生活，塑造自己，活出自己想要的样子，成为最好的自己。

二、作者简介

乔瑞玲，80后才女子一枚，职场十几年，与文字做伴，做过记者、编辑、品牌策划。游走世界，赏美景、品美食、阅人文，对东方女性文化有独到的视角与研究，并积极利用自身积累的独特经验，引导、开启女性朋友对生活的热情，深受读者的追捧和喜爱。

三、章节概述

第一章

你的气质里，藏着你走过的路和阅过的人。气质，是一个女人最高级的性感，过程就是风景，经历过才懂得，每一种光鲜的背后都有一个咬紧牙关的灵魂。爱情的每次发生，都是值得的，你对待工作的态度，决定了你的气质。你有你的力量，不要让外界的评价影响你的心。女人，别总想着在厨房里寻找自己的价值，你是谁就会遇见谁。你若盛开，清风自来，感恩所有遇见，让内心明媚温暖。

第二章

美丽有质，唯有才情能打败岁月。才情，是女人永不过时的衣裳。钟情诗词的女人，具有古典美，不读书就像没有吃饱饭一样，精神上是饥饿的，内外兼修，未来的你一定会喜欢现在读书的自己，唯有内心高贵的女人才真正高贵。音乐是一股清流，洗刷心灵的污垢，美人都败给了岁月，智慧却留了下来，把时光用在美好的事物上，人也会变美。

第三章

不妥协、不将就，为自己而活。生活不只是柴米油盐，总有些事情不能妥协。豁出去：一生至少要有一次奋不顾身的经历，所有可以长久持续的努力，都源自真正的热爱。离开舒适区：你可以不成功，但是不能不成长。外表要温顺，内心要强大，你的善良，必须有点锋芒。女人需要点个性，才能活得像自己，成为自己想要成为的人，而不是别人希望的样子。只要你愿意，再贫瘠的人生，也能开出希望的花儿。别匆促接受眼前的限定，生命的奖赏从来不在起点。成功不是过万人瞩目的生活，而是过自己想要的生活。请相信，你的坚持，终将美好，玻璃缸里的美人鱼，永远享受不到战胜风浪后的愉悦，努力，只为遇见更好的自己。

第四章

拼着一切代价，奔你的前程。人生不只是苟且，还有事业和远方。心中有方向，就不会一路跌跌撞撞，去做，生活的魅力就在于它的不可知，你的努力，终将成就无可替代的自己。任何值得实现的梦想，都没有捷径，没有谁一开始就是自信的，试过了才会有勇气。决定你高度的是你对自己的要求，无论飞得多高，都可以放声哭泣，责任心有多强，舞台就有多大，关注每一个细节，把工作做到极致，工作中多一点付出、少一点套路，哪怕是配角，也要发出自己的亮光。

第五章

从容不迫，有实力的女人不慌张。危机面前不慌不忙，便是优雅。善于等待的人，终会等到自己想要的一切。不要从别人身上找安全感，能给你安全感的只有自己。你的专注，让整个世界如临大敌，既然工作了，就要承受一定的压力，信手拈来的从容，都是厚积薄发的积淀，过去的都是风景，留下的才是人生。谈恋爱、跳探戈，第一步都是学会让步，不能太贪心，否则你什么都抓不住，迷茫的时候别让自己闲着，不断为自己赋值。

第六章

谈话是歌，睿智惊艳全场。不要太能"说"了，小心吓着别人，影响气质的不只是你的外表，还有你说话的声音，将别人看在眼里、放在心上，倾听是尊重，更是一种内心的修养。对方失误，巧妙替别人解围，自嘲是化解尴尬的"灵药"，反应迅速，机智救场，有创意的表达，价值千金。说有趣的话，做有趣的人。道歉时，要让别人感受到你的真诚，朴素的语言，具有天然的芬芳。

第七章

沉淀自己，静待时光来检验。现实有多残酷，女人就该有多坚强，有些路，只能一个人走，耐得住寂寞，也经得起大红大紫，让自己的内心丰富起来，你才可以跟这个世界对视。生活不像你想象的那么好，但也不像你想象的那么糟，接纳自我，你才能做更好的自己。当生活缺少温情时，用左手温暖右手，安静平和，才能活得繁花似锦。没有遗憾的过去，就无法链接美好未来。与压力共舞，收拾好心情继续赶路，在纷繁的尘世里，捕捉细微的幸福。

第八章

端庄得体，优雅诠释无言的脱俗。做自己的穿衣教主——你穿的每一件衣服都是有灵魂的。有一种诱惑，叫高跟鞋的性感，一个女人可以不化妆，却不能不会化妆。生活就像走红毯，重要时刻应光彩照人，干练优雅，展现神采奕奕的职场达人形象。你可以有个性，但绝不能没教养，不需要开口，走几步别人就知道你的境界。优雅与野蛮只一线之隔。有一种美叫细节，20岁之后的美貌就是自己塑造的，虚怀若谷，让女性优雅怡然，每个女子都是花，笑起来眉眼芬芳。善解人意，做一个温暖的女子。

读完整本书，我被书中的事迹以及作者的才华深深打动，更是深刻地领悟到，女人要不断地学习，接纳和发现新的事物，不要局限在某个领域里，做一个智慧女人，通过读书丰富自己的内心和素养，观察世界体察人情，你才能获得改变自己命运的内在力量，能以智慧之美永远美丽。

梅花树

我喜欢树，更喜欢冬天里开花的树。

在我居住的院子里，栽种着许多的树，它们成行成排，生得魁梧，长得茂盛。一年四季一个样，顶翠顶翠的。我喜欢它们的样子，喜欢它们，但我更喜欢开花的树。

院中开花的树很多，有黄梅、有凌霄、有栀子、有迎春，还有两棵高大的梅树。

我喜欢梅树，不仅仅因为它是开花的树。多年前的秋天，院子重新规划美化，到处安置灯饰，满院霓彩高悬，流光溢彩，同时也从很远的地方迁植来两棵高大的梅树，一棵栽在院子的东南方，一棵栽在院子的南北角。两棵梅树，遒劲盘横，巨大若盖。梅树从此与我为邻，成为我生命中的景。

两棵梅树从此稳稳地落户院中，不争朝夕，只共岁月。日子就在梅树的一枝一叶里溜走，在梅花的暴烈中停留。去年冬天特别寒冷，寒流一波又一波，大雪一场又一场，可看我们的蜡梅，它却开得异常红艳、异常繁盛。冬天的午后，我来到梅树下，梅花开得正艳，一大树的梅花，正像一团红红的火焰，烧得梅树满身通红，一大片一大片红艳艳的梅花铺满树梢，压在树冠上，就像万千熊熊燃烧的火花，热烈奔放地盛开着。那种决绝的怒放，让我肃然起敬。这就是梅花，在寒风中开放的梅花，一阵寒风吹过，地上撒下点点火星。我拾起几瓣，端详手中，花瓣圆嫩芬芳，艳而不娇，婷婷有姿，风姿绰约。我忽然记起著名作家陈慧瑛写她侨居海外的外祖父，他以梅寄情，对祖国的蜡梅有着一种深深的情愫，墨梅图是他的心之所爱，任何珍宝都不能与之相提并论，因为蜡梅象征着中华民族的气节与灵魂，它代表着一个国家、一个民族。一个中国人，无论在怎样的境遇里，都要有梅花的秉性，顶天立地，不低头折节。

梅树开花花期很长，一般从每年一月份开到三月中旬，梅花才凋谢落尽。这时的梅树又再次催生、发芽、抽枝长叶，细叶嫩绿，在柔暖的春风里，像蚕蛹一样伸头、探脑、长脚拉长，在春雨中吮吸营养，在暖阳里撑开一树嫩绿，在闷热的夏天长成巨伞，为来来往往的行人遮蔽阳光。

这时院中的大树，我最喜欢的仍是梅树，在夕阳的余晖中，在晨雾的氤氲里，在人们的聊天中，在小孩的打闹里，稳稳地站着，像一位耄耋老人，站成一方风景，它那样安静、那样静心、那样智慧地站着、听着、看着、笑着，整个院子都沉浸在幸福与祥和中。

当秋天来临，风带来信息，叶片开始归根了，一片片细长的黄叶带着秋的使命重回大树的怀抱。它们围着梅树，依依眷念，寸步不离，用它们纤弱的身躯养护着寒冬的花蕾。在一场场刺骨的秋雨中，在漫长的时段里，它们化为肥料，重新回到了大树身上，长成了大树的身体。当第一场大雪，纷纷扬扬地从天而降，把整个大地都装扮成一片银白时，它却开花了，那朵朵艳红，一树一树芬芳的繁花就是梅花。

我爱树，爱开花的梅花树。

春

杨柳，

娇莺，

泉水，

暖树，

……

当这些都不足以形容你时，

你摊开双手，

把万紫千红拥入怀中。

早春，

你羞涩朦胧，

是一位娇滴滴的美少女，

心中却憧憬着整个大地。

仲春，

你情窦初开，矜持中不乏热情，

你在和时光呢喃说着露骨的情话，

把时光定格在烟雨迷离的温柔乡中。

晚春，

你豪放洒脱，

活出了自我。

撒欢耍泼，

血肉丰满，

把大地都点化成一片海，

山川浸润成一首诗。

这一刻的你，

手把五月的《离骚》吟诵。

哦！

春，

春天。

踏春

雪云消散，放尽晴空暖，大好的春色，怎么不去"寻花问柳"？

是呀，踏春去……

清晨，行人稀少，车辆二三，向城西坡进发。

阳光晴好，金色柔暖的光芒抚摸着我们的周身，乍暖还寒，春风缕缕，让人不禁打了一下寒战。二月的风还是有点凛冽的，紧捏着双手，放进棉衣兜里，缩缩脖子，踏步缓行。放眼四周，杨柳低垂，流水变换了颜色，已由先前的灰白变成淡淡的浅绿了。阳光铺洒在上面，激起一河的亮光。水波旖旎在深深浅浅的河床上，翻滚追逐，向前奔涌，哗哗的吟唱声轻而舒缓，恬静祥和。几只白鹭争春早，它们一群，大约上十只，有的白鹭正在水中"垂钓"，有的在河卵石上练习金鸡独立，有的长喙梳洗，有的正在偏着脑袋欣赏自己水中的倒影，只有一只远远地站在河对岸上在慢悠悠地踱步。两岸绿树依依，春风拂面，行人面若桃花，好一幅"白鹭争春"图。

山路变得崎岖，黄沙土路坑坑洼洼，好在路旁有小树的热情援手，我们攀着小树一步一步向山顶走去。虽然是早春，地上的小草开始绿了，弯腰细看，一株株不知名的小草儿，嫩嫩柔柔地探出头来，娇小可爱，颜色还是嫩黄嫩黄的，身子骨娇小玲珑，纤弱瘦小，整个儿都还蜷缩着，在晨风里摇曳着身姿。这里几株，那儿一片，远远看去像浅黄中泛着淡绿的湖水，朦胧一片。春风不时顽皮地挑逗着它们，绿的树丛、黄的萎草、淡绿的地面，相映成趣，这就是大自然季节交替的奥秘与神奇，大地在春天里焕发出了摧枯拉朽的神奇力量。周围的树呀、草呀，顶端都顶起了嫩芽花骨朵。那是一朵朵嫩绿的精灵，是一个个新的生命，一朵朵万物生发的繁花。细听，它们在晨光中、在雨露里蠢蠢欲动，滋滋有声，这一切让人不禁感慨，宇宙的神圣、大地的奇妙、春天的伟大与神奇，好一幅"春回大地"图。

爬上山顶，四野一片辽阔，远山翠绿如黛环围四周，犹如一条青龙，昂首向城，曲身盘横，首尾相接，护卫着一方山水，一城一城。城中生息繁荣，热气腾腾，车水马龙，高楼参差，井然有序，一条淡绿色的河带夹城而动。城，小城，景在城中、人在景中，全国五星级文明城市，在万象醉人的景致里，在金碧辉煌的灯海中，在文化娱乐荟萃的活动里，在聚文化、生态、民俗、现代的街巷里，在几十万人的心中，"仙山贡水，浪漫宣恩"。城，小城，你千姿百媚，美轮美奂。

望着山下，看着一城的景，想着我们的幸福生活，没有战争，不用惧怕病疫，人们安居乐业，这是多少国家的人们所向往的生活呀，只有在共产党的领导下，在党的阳光里，人们才能生活得美满幸福，生活才能蒸蒸日上。

鸟儿叫了，开始是一只灰头雀站在高高的杉树上大声鸣叫、啾啾啾，啾啾啾……啾啾……接着林中的小鸟们都放开嗓子高声唱和起来，啁啾声响成一片，风拂过山岗，树林沙沙作响。我开始觉得有了丝丝凉意，刚刚爬山的周身热汗已经干了，站在山顶辽旷之地，风是不错的信使，该回家了，把这一路的美景也带回吧！

新年寄语

三百六十五天，

一年，

一晃而过。

我，

留下了什么？

是惋惜，

是蹉跎，

是彷徨，

是懊悔，

是喜悦，

是悲伤，

什么都有，

什么也都没有。

时间是个好东西，

它会使坏的变好，

好的变坏，

其实到最后一切都会变好，

因为时间它从未改变。

白雪皑皑，

炎炎烈日，

记得只有感动。

天高云淡，

满目萧瑟，

猎猎的大风中，

铭记一双双温暖的手掌。

一盆又一盆，

炭火，

爱与被爱，

大爱不言。

新年伊始，

用双手去拥抱世界，

拥抱自己，

向朗朗晴空高呼：

2022，

你好！

向山川河流大地倾诉，

我是一株小草，

一株爱美，

欣赏悦纳一切美好事物，

努力开花的小草。

我有血有肉，

我有情有义，

我卑微但不卑贱。

2022，

我要唱歌，

我要跳舞。

我要用

感恩，

豁达，

热情，

开出一朵朵朴素淡雅的小花。

任宇宙变幻，

海枯石烂，

此心不变。

2021 年的第一场雪

雪在万籁俱寂的寒夜悄然降临，不知它飞洒了多久，直至大地一片银白，我打开窗的那一刹那，被眼前的景致所震撼，雪，好大的雪……

雪于我是喜欢的，因为我不怕寒冷，也是因为我从小生活在海拔较高的高山上吧，皮肤厚实。记得小时候每当冬天下雪，我都要在雪地里疯玩，那股疯劲直把我的整个身子都焚烧点着，在雪地里打雪仗、堆雪人、捉山鸡、跳马桩、接新娘……

孩子们有无穷无尽的想象力，能把整个冬天都闹翻。每一个小孩都爱雪，爱在雪地里尽情撒欢，享受他们纯真美好的童年。玩雪成了他们这一季的主打歌，茫茫无垠的雪海里，他们整个身体都被热气笼罩着，像一团团热气在滚动，红红的脸蛋像一枚枚熟透的果子，泛着紫红紫红的光泽，在雪中跳跃着、滚动着，小手通红通红的。头发凌乱被汗水浸漫，紧紧地黏贴在额头上，一绺一绺的，偶尔俏皮地蹦进嘴里，留下一嘴的汗味，鼻子里喷着两股热气，像斗牛场上的黄牛，不停地喘气，玩累了、疯够了，天黑了，就停了下来，在大人们的千呼万唤中走向房屋，走近火旁，也开始进入梦乡。

　　成年后的雪开始变冷。雪除了洁白、漂亮，象征纯洁美好外，其实它就是冷的，冷冷的季节、冷冷的寒风、冷冷的温度。冷了，白雪才会光顾。每当一年里的大雪降落，人们总是有喜有忧，有笑有泪。在大雪飞扬的冬雪里，人们总结着一年的收获，身体是否健康，工作有何乐趣，做了一件或几件有印记的事，伤心的事是为何，开心愉悦的又有哪些？在这个冬季里，除了冷还有那么多的热呢，是什么？是一条火红的围巾带给你喜悦与温暖，还是一首多年想听到的歌被你重新听见，抑或是交了一个知心的朋友，见了一位多年未见的友人？总之，在白雪皑皑的世界里，不光有童话，更多的是实打实的真生活。

　　大雪接连下了一天半宿，城里很难得留雪，但今年的这场雪不是意外，上周预告，接下来的一周有强降温和中到大雪。大雪从不矫情很是准时，它像一个久别的恋人如约而来，带着满满的正能量，在灰蒙蒙的天空中飞洒飘逸，长袖善舞，纷纷扬扬，把大地从头到脚装扮一新。山川、河流、房屋、村落，都浸没在大雪中，连忙碌的人们也不例外。雪还在不停地下，一大朵、一大朵，像是一把巨大竹筛筛下的玉粉，均匀厚实、铺陈均合；又像一朵朵洁白的蜡梅在寒风中怒放，飘飘洒洒，不俗不媚，端庄贵气。雪是天空诞生的精灵，是宇宙的子孙，也只有大雪才能有这般魄力，涤尽一切颜色，还世界以素洁、纯美、大气、高贵。

　　2021 年的第一场雪。

飞雪迎春（组词）

神疲物泛，
空唧唧。
寂凉长夜披衣起，
倚窗数寒星，
晓来百念都灰烬，
剩有残梦影。
一钩残月向西流，
对此不抛眼泪也无由。

（一）今朝雪

今朝雪，
直把神州都照彻。
晴光不令青山失，
酉水更向良田泄。
鸟声歇，
车啸人欢长亭白，
华夏大地新颜悦。

（三）清平乐

天阔云淡，
望断南飞雁。
不到长城非好汉，
屈指行程维艰。
酉水河畔寻乐，
钟楼脚底穿行。
今日漫天飞雪，

（二）虞美人

枕上愁来堆何状，
江海翻波浪。
人生百年已近半，
身无长物。
病体加身，

兆示来年丰收。

（四）长相思

风一更，

雪一更，

夜行途中万盏灯。

进城看亲人，归途万千情。

一脉血肉难言明，

四叔神似亲父亲。

想一程，

念一程，

父辈一代实不易，

清贫坎坷靠打拼。

勤俭节约传美德，

忆苦思甜不忘根。

送一程，

嘱一程，

同心圆、同心干，不周山

下红旗展。

无题

蓦然回首，

我们才会发现，

它一直都是很轻，

很轻的，

我们以为爱得很深很深。

来日岁月，

它会让你知道，

它不过很浅很浅，

最深和最重要的，

必须一起成长。

想念父亲

童年，

我站在父亲的臂膀上，

和着爽朗的笑，

听他唠叨。

一串串俏皮的音符，

洒满小院。

小院的花开了，

那是我种下的，

一条条，

一片片。

我想像花儿一样，

不负春光，

不负自己。

父亲懂得，

他让我背上背囊，

走向课堂。

在那些春夏秋冬里，

我找到了回家的路，

也寻思着走出村口。

村子里只剩下父亲母亲，

我们都离开小院，

四海落脚。

父亲老了，

像一只发芽的土豆，

让人心疼。

但他依然智慧，

依然倔强无比，

我想他是无比强大的。

会像一座永不颓败的大山，

永远，

矗立，

永远……

我错了，

父亲也是血肉之躯，

他更需要体贴温柔，
他也需要关心爱护。
我的父亲，
我想好好爱你，
倾我所有的能力。
我想像羊羔子，
长跪在你鲜活的身边，
听你讲述你，
还有我们。
一生一世，
前世今生。
父亲，
你走了，
我想你，
你可知道。
当秋风来时我想你，
当落叶飞舞我想你，
当阳光温暖我想你，
当夜深人静我想你。
想你在明月秋深夜，
想你在晨曦暖风里，

想你在碧水倒影中，
想你在一日三餐里。
想念童年顽劣的时光，
青年不驯的年纪，
中年无奈的颓靡。
你的包容，
你的付出，
你的伟大。
父亲！
父亲！
父亲！
秋风渗骨，
寒霜冷凝，
愿你秋冬温暖，
四季如意。
愿你再无人间烦恼，
病痛折磨，
一切，
一切，
安好。

冬日暖阳

（一）冬日暖阳

冬天来了，

每一寸阳光都懂得。

风摇醒了落叶，

水染红了季节。

九万里晴川历历，

荡尽了心头愁绪，

在这个温暖冬季。

蓝天，

碧水，

秋果，

霜降，

喧嚣，

宁静，

价值，

仁义，

诚挚，

都已炙烤成炭，

烧尽了它鲜红的心脏。

在明与暗的交错里，

化为一朵晶莹剔透的雪。

（二）修心

不舍得，

不妄念，

寻自在，

守净土，

度六根的妄，

还未来的果。

不避俗尘，不论世闲。

不修加持，不贪道岸，

上善若水，情有始终。

行且思量，是非担当。

止于践，浓于淡。
一身因缘一生还。
迷且益坚，乱且益守。

山高路远，若虚怀虔。
过桥砍竹，心化莲舍。
尊上师者，不枉人缘。
万物为上，心怀汤汤。

秋游随记

游平山峡谷

去年四月游平山，

至今魂魄仍未还。

碧水青山幺妹子，

青藤画笔墨未干。

游恩施大峡谷（二首）

（一）长相思

坐一程，走一程。身在峡谷路难行。绝壁飞岩在，谷底有回声。

赏一程，乐一程。拾级而上千万层，会当凌绝顶。荡胸生祥云，故缘有此声！

（二）游峡谷

峡谷柔情寄吾情，

仙雾缥缈向天行。

孤峰一怒破天宇，

茫茫崇岭乐知音。

四季之美

　　四季之美，看到这个题目就让人有一种温暖美好的感动，四季更替，万物流变，是大自然的恩赐，更是自然的杰作。

　　日本作家清少纳言，就春夏秋冬四季，记叙了自然界中不同季节的美景，春天最美是黎明，夏天最美在夜晚，秋天最美是黄昏，冬天最美在早晨。我眼中的四季之美在于人心。

　　立春的节气一落脚，春风就活跃起来，它瞄准了世间万物，挥洒着万般柔情，倾吐着它沉积的情话，冰雪消融，泉水叮咚，山花烂漫，绿草依依，燕舞莺歌。万物复苏，人们开始忙碌起来，他们开始盘算，一年之计在于春。

　　夏天来了，满世界的夏，一池的热潮，满树繁花，树荫蔽日，人们褪去稚嫩，换上老成，就一曲又一曲的欢歌，奏响夏天的天籁，人心这时最为纯美，不然他们不会在涨水的五月祭奠屈子，高高举起人类历史发展的旗帜。

　　秋天，美在颜色，美在收获，美在心底，秋的美色是大气的、磅礴的、淋漓尽致的，秋风染红了大地，大地一片赤诚，千山一秋，碧水横流，人们伸出劳碌的双手，握住秋天的果实。

　　冬天的白雪，在人们的盼望中翩翩来迟，又在人们的盼望中纷纷落尽。洁白的瑞雪，为人们送来了欢悦，带来了希望，人们从漫天飞雪中，看到了近处的原野，看到了庄稼的收成，人们飞洒着自己的想象，追逐着下一个明媚的春天……

冬阳，假日，孩子

阳光如炉炭火，烤得人们脱下棉袄，慵懒地坐在公园的石凳上，老人居多，他们三五成堆，打牌、闲聊、下棋、翻金花、唱京剧……

河中的流水始终不绝，冬阳筛下万点金光铺洒在河面，就像一条金色飘逸的绸带，牵引着人们的思绪，几只水鸟在岸边徘徊，它们在沐浴阳光低头梳理着自己雪白的羽毛。这个冬日，它们没有打算离开，因为河中有它们想要的足够多的美食，或许这里就是它们过冬最理想的地方。一丛翠竹摇曳在风中，竹叶飘舞劲力适中，就像一片鸟雀落在上面，嚓嚓作响，偶尔它们又安静下来，群拥着一声不吭，只见一团苍翠倒影点缀在宽阔平整的人行道上，斑驳一片。

阳光正好，暖暖的如一方玉盘正悬在空中，护眼仰望，蔚蓝深远的天，只有它正微笑着没有一丝的杂念，正用心地温暖着大地，抚慰着苍生，我顿时心生敬畏，如果没有冬阳，世界将会怎样？大地将会怎样？人类将会怎样？

大于地球130多万倍的太阳，是何等的谦逊，是何等的诚恳，尽心尽责地为着人类万物工作，做着无法比拟的贡献，可是它又是那样炙烈热情，没有半点倦怠与埋怨，从不愿任何一种生物靠近它、回馈它，5000多摄氏度的高温你承受得了？谁又能乘坐20年的飞机虔诚地去拜访它呀？冬阳我为你点赞！

假日里，人们开始变得慵懒，也不必朝九晚五地上下班，晨光中还是呼呼睡去，忘却了一切琐碎与烦恼，谁不想安心地度过一个假日，来一次彻底的放松，起床。不管什么时候，人们都会美美地洗个澡，理一理散乱的头发，洒一点自己喜爱的香水，再来上一顿自创烹饪的早餐，看看自己喜欢的电影，与爱人评一评谁谁帅气，谁谁又有八卦了，看一看自己栽死了不知多少遍的花草，站在阳台上，望着远方发发呆，然后不知所措地走进房间，来一声，今天什么时候了，开始想一想应该买点什么，晚餐来点什么吃食，又要跟谁谁打个电话，反正一天不知自己做了什么，时光稍纵即逝，茫然失措。

孩子们在冬阳的假日里是最快乐的，他们没有时间忧愁，总是有无穷尽的快乐，院中总是充满了孩子们的欢笑声，仿佛要把院落闹翻，他们打球、追赶、捉迷藏，没有一样他们不在行不喜欢，就连院中的小猫小狗也被他们吵得躲了起来，麻雀也只能站在远远的树枝上斜着脑袋无奈地看着，吃惊地瞪大眼睛，一声不吭。孩子们上蹿下跳，像一阵阵疾风，席卷了整个院子，他们有使不完的劲，河塘边常常有精巧踱步的白鹭，假日里它们也不露面了，把整个院子交给了一群小皮孩。

从早晨、中午到深夜他们从不间断，这拨走了，又来一拨，这个孩子被大人强行带走，那个小孩又被他爷奶骂回了家，总之，没有一个小孩是自愿回家的，谁叫院子里有他们无穷无尽欢乐的童年呢！大院、树木、凉亭、鱼池、健身器材、儿童乐园、路灯，温暖宜人的冬阳。

冬阳里的假日，所有人都是幸运的，冬日暖阳、炊烟袅袅、酒肉飘香，悠闲的时节谁说不是呢？

最深的爱

拾捡一段刻骨的岁月，滤不去那些感动的元素。

一份相宜的回忆，在记得与忘却之间，不刻意、不经意，自然顺畅，予笑颜以期许，予烦恼以疏离，清清爽爽地走过，筛下一行足迹，衬托曾经的来路，把往事挂在身后的桂花树上，蓦然回首，感觉岁月依稀。

我无法忘记一个感人的故事。南方的小镇一对金童玉女，他们深深相爱，男孩的父亲是害死女孩父亲的元凶，女孩的母亲生生地拆散了他们俩，他们相恋十年无果，男孩最终为爱放手，女孩也如男孩一般，为爱固守白头。后来，男孩结婚生子，女孩下海经商，成了知名企业家。20年他们从无来往，只在南北相望。终于一日，女孩接到男孩妻子的电话，电话没有讲完，女孩飞奔南下，10多天后，女孩安葬了男孩，一年后女孩也随男孩去了，男孩的妻子把他们安葬在一起。

故事简洁，影响深远，在这纷繁复杂的社会里，竟然还有如此真情，实属难得，现实版的梁山伯与祝英台。

天气越来越凉了，也许还有下雨的时候，我一边走一边想着，不知自己究竟想了些什么。自我的剥削，近乎残忍，或许总是在流血，流得面目全非，别人享受的不是你真正的外表，只是把内心最柔嫩的部分剜了出来，剩下的外壳，交给日月。

喜欢，是缘于内心的融情，暖爱从血液里渗出，可不是吗？走在时间的河流里，就能分辨前世今生。

阳光融化了格局，还有我

这个时代，骄傲与卑微并存，骄傲是沉淀的子孙，而卑微是蔷薇上的芒刺。

我细数着时日，时间没有情绪，我也没有，只有骄傲与卑微在吹着号角，铿锵有力。给自己一个微笑吧，在每一分每一秒里，去拥有自己，泛着平和的光辉，放纵、纵容不了前世和今生，就光在匆匆的日子里，筛一丝聪颖的风光，去攀缘我的山头。

我喜欢阳光，春天过了，还会有春天，在时光的维度中产生灵感，我如一只小小的鸟儿，以捕食的姿态检测自己的筋骨，用银灰色的长喙刺破种子的咽喉，吞下它"带血"的身躯！

几十年的教书生涯，让我捕获了许多眼睛，每一颗钻石都想粉墨登场，抖擞一下非凡的命运，属于他们的阳光，正如此温暖美丽。他们跳出了自己的龙门，正在绘制一个个全新的图景。

我蹲在石墩上，紧握住曾经我的手臂，左手与右手较劲，手不动了，我知道岁月穿梭，不能回头，就让它成为风景，谁都可以看，谁都可以不看。我，无我；你，无你。

看到一棵小树，一棵结过三个核桃的小树，栽种时是为了救它，后来是为了取悦自己，待枝繁叶茂、婀娜典雅，我便可以在树

145

下咀嚼品尝果仁的芳香。不再用呆滞的思维向往一种生活，只要有水的地方就具有灵性，做阳光的伴侣，悦山、乐水，光影变幻，让灵魂摆渡多样年华。

很想静下来，看看这一天做了什么。那么多的事与人，好多事取决于心情。上次的小说，情节曲折，没有提纲的剧情冲突，故事将延续得怎样？

明天又是热闹的一天，孩子们在秋季运动会的轨道上奔跑，他们还要奔跑多年，青春的汗水会渗出他们的肌肤，穿透他们的脊梁，刺破长空。

如果有一帧景致，配上阳光的艺术，那必将点曝完美的残缺，我站在青黛色的夜空下，数着和蔼可亲的星星。

把黄昏拾掇进母亲的栅栏里

早春的气息吹醒了种子，阿妈绽开皱纹，只等炊烟散尽，就撒下春的种子，在栅栏的里面。

开河的鱼儿、下蛋的母鸡，正值人间四月，河水最美的时候，春日里的河绿得发蓝，河流潺潺。鸟鸣山涧。母亲就着夜色，撩起沁汗湿透的棉袄，望了望天上的弦月，抹了一把热汗，嘟囔着走进房间。

秋天到了，栅栏里金光灿烂，母亲的腰也更驼了，黢黑的背影，不用着色，热热地陪了她整个深秋，在母亲最喜欢的季节里，栅栏里满满当当。那是我们一冬的生活。

夜晚，黑色的轮廓，里面飘起的灯火，打乱了暮烟的性格，呛人的感觉，夹着猪、牛、羊、狗的臊气，笼罩住了房舍。我总是想憋一口气穿过黑夜，在温暖的被子里做梦，然而不到半夜，我总是醒来，外面的世界月亮如水。

父亲老了，他总是对着我微笑，这一生我都忘不了。十月初二的夜，我从他墓前走过，我感觉他的心正透过寒雨叩响，我放下所有思绪，只一心苦想，回忆着那段有他相伴的美好岁月。

母亲也老了，她的栅栏更老，没有母亲的陪伴，它已消失不见。坐在山野的背上，倾听秋天翻动栅栏的声响，我顺着山沟小路，蹚平了山岩沟壑。遥远的村庄，一直有妈妈的梦想。

日子本分，从春天走进秋天，历经风吹雨打，还有麦浪滔滔，收获日夜，妈妈的栅栏在晨露黄昏中站稳脚跟，在一年四季里整容，用自己的成熟烘托今生今世。

石牛的才情不在水中

女娲、瑶池，水汇成升龙，东西奔涌，织女的眼泪成了牛郎胸前那一抹朱砂，乞巧的愿望，红丝成了唯一的救赎，牛皮、鹊桥、仙班、玉皇大帝，在银河里成了一颗水滴。故事里的景致很美，故事外的情景很是悲凉。

风带着讯息，毫不客气地直撞进夏天。《离骚》就成了主旋律，从三月一直扯满八月，四处撒下的悲壮，剥离了所有忠诚，坦诚得像一颗魔丸，就只差一双风火轮了。刀枪不入的面具，也难掩饰措手不及，咬碎一颗星星的种子，坠入红尘，成了那抹月光。

融通不了的月光与陨石，亮丽的单纯，制造了圣洁的欢呼雀跃。于是它们审视了凡间的格调，徒手纺织了围裙，布置了天罗地网。

日子在一眼万年里，品鉴良知，似乎在编剧，让月光与朱砂梦幻西游，贪婪的本性乍露，日子不许藏奸，风告诉了白昼，月光的清辉，凝华了岁月轮回。我透过河水，望见了河中忠厚的石牛，石牛它裸露了一个世纪，却从来没有穿过一件衣服。

河床千古，错落的光阴，掳掠了沉鱼落雁，水草的绿装，淡化了视野和意识的奔波，意念的楔子，铆进了大脑，四大皆空的笃定，撰刻着《史记》《论语》。它没有语言文字，只有一身不及风化的尘埃，交给了上帝。

尘埃落定，石头揣着情怀，轻装上路，带着思考者的梦想，洗心革面。

坐在有水的岸边，手脚并用，对岸的石牛，抬起了眼，我能感到它的温柔。石牛，亘古之岩，终究被雕塑了，它活泛着憧憬，收揽着生活，月光里的它才情不在水中。

我想每次回头，都是你的温柔

我想敬往事一杯酒，有多少岁月可回头……

岁月是一把尖刀，它剥离了光阴的琐碎，冷暖，从幼稚直到稳重，其实横亘的不只是磨砺，也有欢喜。

晨光雾霭，你我各守一屿，用一颗甘露的虔诚，倾听前世今生，行人、雨露、铃声、笑谈，没有一样不喜不欢，而你却甘愿堆砌酝酿，粗暴地积淀。

长河入川，激千堆飞雪，人潮卷席恣意，溪流直爽，石头总是霸占了阻隔，蜿蜒曲折的，给了小溪恬静的假象。追溯水流的源头，直到山顶那一泽泉眼，山风乍起，吹落身上的疲惫，揉平了多少皱褶，我含着热泪，对着风轻轻地说：山多高，水多高，山高水长，多曼妙。

深深的脑海里，有一多半的你，在昏沉的烟火中，铿锵有力地扯下一截生活，抖一抖，摔向下一个季节，烟花溅起，听见动人的音乐响起，从你的指尖流出的音符，在溪流里欢歌。

别人的天地，我不敢擅自踏入；时光的留声机，不会复制一首一首曾经精彩的老歌；太阳下的影子，只可能是幻灯片。关于你我，我想想，还是最为珍视的画面，再也不是享受的年纪了。簇拥的色彩高调，离我却挺远，与其往前挪一挪，不如舍弃浮躁的年轮，用脚走远。

有时候，在某一瞬间，就会让人生夺目，我和你，陪伴岁月千年万年，只为寻那一簇最闪光的眼眸，却闪瞎了双目，走得步履蹒跚。

如果我是一条鱼，宁做刀鳅，沉在地底，匍匐地去寻取价值，那足够我的营养与价值、停顿与空间。

风，不起。湖水的涟漪，自动漂泊，感染了自己，青翠的远方，寻找一下思路，水留下了清风，清影无边。

想象的日子，删掉微笑的自尊，问候是伤疤，流血笑傲坎坷，我想顺着阳光走过，我想每次回头都种下希望的种子。

我用心路衡量自己的良知

我在梦中的路上寻找，沧桑感淌了一地，冲上一座小岛，没有陆路的沟通，老花眼镜还落入水底。

向往一个幽僻的环境，离开了喧嚣，离开了温暖，不安的心四处飘摇，像一串风铃撩起的琴弦。

岛上有个惊人的世界，季节分明，那里的世界可以很暖，也可以沁凉透骨，关键是你喜欢什么，选择了什么？

一个取向，让星空松散，遍布世界的语言，沟通了美丽的泗水，涌动了四季的涛声，是花就该芬芳美艳，是云就该泼洒，给一个通红与惊艳，似处女的腮红，幽默便添了生趣。

把视线锁在遥远的山头，放眼回归的路，难以期许，平静地审视昨天，淡定地守望，于我仿佛前世佛缘。

没有谎言的日子，其实最苦，我还是笃定地穿上僧袍，心系佛念，却一路阿弥陀佛，把自己打扁，我何其悲！

我凝视我，是否该放下，那只是一个篓子，四处透风的摇摆，风经风过，雨经雨过，却视而不见。

空泛存世，不如溪流浅浅，有月，就挂在天！星汉灿烂，流星划过，自己曾是哪碟菜？

窗外，沁凉着风雨。

窗内，无尽的思量。

让活着一路去找寻生命的自由，交织一个蓝天、一朵白云，如果哪里会下雨，那里便会是晴天！

繁花脱去了颜值，周游了一个夏天，只是北方，潮湿不再，留下了清冷。

日子可有可无，只需要横在眉宇，如果挡住视线，完全可以选择转向。

把一个世界另类装在兜里，把手伸进去，摩挲着自己的良知。

在形形色色的品相里歇歇脚

我在黑夜里行走，路灯昏沉，淡的，没有半点蛊惑。行了好久累了，我甚至想到了让路灯歇歇，那么晚了路上少有我这样的行人，路灯的光也开始迷离恍惚，是为青春美少女壮胆的吧。

迷离的色彩惹人醉，直射的阳光没味道，习惯的习性不是习性，另类标注了不一样，于是满足了眼球的好奇。妖精爱唐僧是常理，高小姐爱猪八戒才是经典。

人不可貌相，人丑心地善良，如《巴黎圣母院》里的丑人，卡西莫多奇丑无二，但他心细如发，用最丑的外貌呵护人间最美的纯粹。这是圣与魔的较量，是美与丑的比照，是精致与狂野、丑恶与纯真、癫狂与冷静的对视。我喜欢生活里的粗糙和喜形于色的干裂，也喜欢朴实无华的寂寞积淀。那些年不知道前方会有什么、会给什么，只知道活着。都说可以选择一颗螺丝钉的精神，付洪荒之力，咬住一个奔头不回头。更多时候反思，脚的前面，才是路，走天涯，从来不是倒着走的。歇一歇脚，把思想的收获装在兜里，没有揣摩的力量，即使热得烫手，也只是灼伤，与温暖相去甚远。面对那么多的友好、诸多的爱，守护这一粒粒种子，把温暖吸入腹中、萌芽生长；揣着爱的魔咒、友情的期望，能有看淡风雨的力量。

谁都不想活在别人的流言蜚语里，那样的日子不好过。听说过唾沫的涛声能够淹没一个人的城池，让活着的价值最短，但总还有更多的人能洞悉真伪，还以清澈。

其实一切都不重要，重要的是你依旧是你，不会因这风、那柳而有丝毫改变。

晴天出门晒晒太阳，雨天好好睡上一觉，想想窗外，闻闻风声，巩固一下某某的好，醉望天窗、静赏秋月，梦里梦外都是故乡，其实那些都是家人的模样。

某些年，没有方向的抉择，只是为了证明曾经沧海难为水，小小的云朵，爱成了浪花，飘荡在青苔里的世界，碎成了海洋，渲染了岁月的肩。

岁月偷走了你的灵感，没有结子的槐花树，猜透了你的梦想。忽然之间，原来没有方向的方向，都很明亮，走过的地方都是美景。

关于你们的文字洒满一地

这是一个仓促悲伤的秋天，天空响晴了许久，没有丝毫的杂色。山在风的戏弄下，青筋暴露，好像史书上突兀的墨痕，一脉相连，连绵无垠，绝尘万里。

秋水舒心养肺，抛出一缕沁凉的思索，好多的故事与你们有关，而如今你们不在，只留下我。

为何时光匆匆，容不下我好好思索，手心中的余温犹在，通向遥远的那条山脉，手触到了黎明，我想你们，在日月星辰里。

总是遥想很久前的冬天，在那座温暖的茅屋中，灯芯如豆，你们夜话长谈，我心想着未来的某一天，攀越严寒走向春天。

我想问清云大雁，是否能够注册秋日私语，只属于挥手之间的离别，一弹指、一挥间，用一首可反复循环的歌，重现一段刻骨的记忆，丢丢落落、起起伏伏，柔情铺地、星光满天，该是向你们道声谢谢的季节，这是我攒了许久的最真诚的致谢。

阳光正好，它守候着一份温暖，让身上的寒意跨过饥寒交迫，把思念挂在柳梢上。一只喜鹊，事前登临街飞，将思想丢落在田地里，梦碎了种子，萌发了新芽。青天如洗，透亮的天空，将真情献给了广阔博厚的大地，只有沃土才能勃发更广阔的春天。我深深懂得，我也曾多次这样对着大山呼喊，你是懂的。

秋日，沉醉摇曳的炊烟，是农家特有的标志。最深的思念，最简单的食材，这是你们全部的宠爱，金豆、洋芋、白菜、豆腐。脉脉深情，而今已成奢侈。山色、草香、行人，赋予人灵感，在思念的长河里，找不出一丝杂色，走过蜿蜒的山坡，搜罗完每一个角落，洒了一路的思念。

我的幻觉，引逗了主题，总是需要寻找到一个好的出口，来透视春天。我把颓唐推开，积极、无遮拦地接受温暖和阳光，没有伴奏与音乐，从童年到现在，我该清醒了，该努力一点。路旁有人在练乐器，声音脆响，但不成曲，那是一首古怪的曲子，是祖辈遗传的歌谣，我多想把曲子谱出来，把它响奏成一首字正腔圆的咏叹调。

如果我再次攀爬秋天的山梁，就背好行囊，哼着咏叹调，循着一条路径，去找寻我曾洒下的，一路思念的文字。

《边城》（作品推荐）

故事简要：

《边城》小说以田园风光的情调描绘出牧歌诗般的边城美景。这里的人民纯朴自然、真挚善良，充满着人性美和人情纯美。他们诚实勇敢、乐善好施、热情豪爽、轻利重义、守信自律、"凡事只求个心安理得"，俨然是一个安静平和的世外桃源。这里的人民，诗意地生活，诗情地栖居，谱奏出一首抒情诗，一幅百年风俗纯美的画。

小溪、白塔、墨竹、渡口、独户人家……故事在静美中拉开帷幕。

由四川和湖南交界的茶峒边城，依山傍水，景致宜人，它远离尘嚣，和平安详，如世外之境。城边有一条小溪，溪水边有座白色小塔，塔下住了一户独户的人家。这家只有一个老人（老船夫）、一个女孩子（外孙女翠翠）、一条黄狗。小溪顺山流下，约三里地便汇入茶峒的大河，人若过溪越小山走去，只一里路就到了茶峒城边。溪流如弓背，山路如弓弦，故远近有了小小差异。小溪宽约20丈，河床为大片石头落成。静静的河水深到一篙不能落底，却依然清澈透明，河中游鱼来去皆可以计数。

这座小小的山城，鸟语花香，青山翠竹，古朴的吊脚楼，耸立的小白塔，一脉清流长相伴随……花自开来水自流，自然的生命季节循环不息，到处是一片宁静与祥和。碧溪嘴白塔下摆渡的老船夫已年过70，老船夫抚养的女儿的遗孤翠翠，转眼间有15岁了。城里管码头的顺顺，他的儿子天保和傩送也已长成。属于这方土地的男子勇敢、豪爽、诚实、热情，在天保和傩送身上皆不缺少，他们是"大自然"的儿子。

翠翠在风里雨里生长着，把皮肤吹得黑黑的，睁眼就是青山绿水，一对眸子清亮如水晶，大自然养育着她且滋润着她。翠翠天真活泼、灵气逼人，如山头黄麂一样乖巧懂事，从不想到残忍事情，从不发愁，从不动气。平时在渡船上遇陌生人对她有所注意时，便用光光的眼睛瞅着那陌生人，做成随时都可举步逃入深山的神气，但明白了面前的人无心机后，就又从容地在水边玩耍了。

当年翠翠的母亲老船夫的独生女，同一个屯防士兵"唱歌相熟"，肚子里有了孩子，却结婚不成。屯防士兵顾及军人名誉，不愿私奔，首先服了毒。老船夫女儿待生下孩子后，故意到溪边吃了许多冷水，也死去了。老船夫无从理解这出悲剧，独自抚养着外孙女翠翠。

茶峒掌水码头的船总顺顺的两个儿子，老大天保和老二傩送同时爱上翠翠，翠翠只钟情于老二傩送，祖父只知老大曾来求亲，不知孙女心事。兄弟二人互相知道各自的心思后，二人相约以唱歌争得翠翠的心，哥哥自知非弟弟敌手后，自动退出，后经商途中落船淹死。顺顺和傩送因此对翠翠祖父老船夫产生误会，顺顺要老二另结一门富家亲事，老二的心却仍在翠翠身上，遂赌气沿河下行。祖父已察觉知晓此事，心中郁闷忧愁，某夜大雨雷电交加，爷爷死去，翠翠就接过爷爷的船篙，一直等着傩送归来。

《边城》的创作意义：

（一）小说语言古朴清纯、极富表达力，故事的推进与情节的浓化，图画性与意境化的转换，使《边城》走进圆熟静穆的艺术境界。

（二）小说以牧歌式的曲调，展现了一幅唯美的天然民俗图，抒写了青年男女的情爱、祖孙之间的亲情、邻里人家的互爱，表现出了一种"优美、健康、自然，而又不悖乎人性的人生形态"，体现了纯粹和纯洁的美，带给人们恒定而久远的感动。

（三）《边城》让人们相信纯情的存在与永恒的力量。

作者简介：

沈从文（1902 年 12 月 28 日—1988 年 5 月 10 日），原名沈岳焕，出生于湖南省凤凰县，中国著名作家、历史文物研究者，现代中国文学最伟大的印象主义者。其创作风格趋向浪漫主义，要求小说的诗意效果，融写实、纪梦、象征于一体。他青年时投身行伍，后进行文学创作，到逝世时已有 500 万字的著作文章，代表作有《边城》《长河》《从文赏玉》《唐宋铜镜》等。1987 年、1988 年沈从文入围诺贝尔文学奖。

行走在夜空下

  行走在灯火阑珊的夜里，心中波澜旖旎，心潮澎湃，人总是在静与闹、快与慢、喜与忧中度日，你我都一样。

  晚秋的风亲吻着行人，三三两两或依傍，或疏离，或悄声细语，他们面色暖暖，行色悠悠。踩踏着木板，望着水平如镜无波不兴的河水，水中霓光闪烁，两岸的灯光与河中的倒影相依相随，一片祥和。水是清澈的水，灯是护河的灯，都只为一片璀璨明丽而生。这一片璀璨像一条艳丽的飘带，蜿蜒绵长，随风而动，随情而歌，把一城的山水、满城的烟火带得生动婀娜，带得蓬勃绚烂。夜是灯海的母亲，夜已深，灯火依然绚烂，谁叫人心比这满天的灯火更辽远繁杂呢？又有谁的心中不曾有过比这灯海更为亮丽的璀璨？

  听着河鸟夜鸣，任风儿穿行在身体里，身心的麻木，像一捆沉沉的朽木，长满了青苔，懒得从来未曾挪移，斑驳的污迹溅满周身。好吧，动一动、挪一挪吧，听听这美妙的河水欢歌，看一看满河的星海，与秋风来一次真情的拥抱，闻一闻烤活鱼的喷香，感受一下人潮汹涌的躁动，只要动起来就会迸发活力的，生命的热血就又会活泼起来、奔涌起来、贯通起来的。

  河中的水牛横卧水面，姿势灵动，它永远都是一副恬静嬉水的样子，路过的行人总以为这两头水牛是真的，是活的，谁叫它们栩栩如生呢？河水静流，流经千年、万年，这两头石牛也不会游走吧？它是老黄牛的化身，辛苦操劳一生死后化为石头，也要站成一道风景。我忽然想起牛郎的伙伴老牛，这两头石牛可否其中一头是那头灵在的老黄牛，埋在深谷里投胎转世化为石头雕刻成牛。它要去看一看人间的仙女们河中嬉戏沐浴，赏一赏人世间的热闹繁华，再做一做牛郎们的媒人，牵一牵织女的红线，诵一诵唐代诗人林杰的"乞巧"诗。

> 七夕今宵看碧霄，
> 牵牛织女渡河桥。
> 家家乞巧望秋月，
> 穿尽红丝几万条。

再静静地听一听人们在它身边讲述着他的故事，看河灯美景，静静地沉浸在这一河的温柔里，享受城的繁华、水的热烈，秉承一生的坚守。

惹溪街的酒肆烟火，静流花圃，都还沉醉在暖风中。漫步街中，望着满眼的美，心中滋生着股股暖流，这果真是天上人间，我想居住在这里的人们一定是润泽舒畅、春风拂尘、心情甜美的。谁不羡慕宜居宜旅舒适的居所呢？谁又不滋生灌满心中的向往呢？惹溪街就是如此……

正如朱熹所写：

半亩方塘一鉴开，

天光云影共徘徊。

问渠那得清如许？

为有源头活水来。

街道洁齐、行人贯入、景致宜人、溪流潺潺、酒肆文雅、满街的热腾、烟火人间，落满琼台阁宇，走、走、走，走不出人间美食，望、望、望，满眼别致风雅，走过它心情会膨胀，经过它你会感恩生活，顿觉人间值得。不愧是五星级文明新城，它的文化、它的积淀、它的独有的风韵是经得起人们的品评与选择的。

古《诗经》分为风、雅、颂，我想一座久负盛名的城市也就如同《诗经》一般具有名副其实的风、雅、颂。

风指风格、风骨。独具一格的特点、名胜、特色、风格，有它独有的灵气与格局支撑。

雅指有丰厚的历史人文积淀，百年风雨砥砺前行，伍家台贡茶、红色历史，穿越历史的人、事、物。

颂指一代新人承旧人，青出于蓝而胜于蓝，有新的超越推动发展，展现历史与未来。

有时需要有一段时间的行走，行走在月朗星稀的夜空下……

怀念父亲

父亲因病于 2021 年 10 月 2 日上午 7 时去世，享年 85 周岁。

我可亲可敬的老父亲，您最疼爱的小女儿在此长涕叩拜，感谢您一生为子女辛勤付出，感恩有如此伟大勤劳质朴的父亲，愿您一路走好，在天堂里享受幸福、安康、快乐。

临终的微笑

父亲生病一周，但因工作原因，我在 9 月 30 日晚才赶回家中。父亲已病得很重，身体枯瘦如柴，身上腿上没有什么肉了，我望着我敬爱的老父亲心如刀绞。父亲！我的爸爸！我可亲可敬的爸爸！我把他拥在怀中，紧紧地握着他的手，亲吻着他失去光泽消瘦的面颊，我一遍又一遍地呼喊着他。他看着我脸上露出了微笑，只是他喉咙里有痰，出气很困难，我大哥用电筒照着，用棉签帮他粘出了喉中少许的痰液。我用温水化了两瓶化痰液，喂他喝下，他稍见好转。我在心中千百万次地向上帝祈祷，祈祷上帝帮我爸爸渡过这一难关，父亲紧紧地握住我的手，眼中充满无限爱怜。

10月1日父亲渐见好转，他喝了点稀饭，又吃了半碗鸡蛋花，喝了半袋牛奶。我看着父亲逐渐转好，就给远在海南的二哥与姐夫打电话，向他们报平安说父亲已好转，没有大碍，可以不回来。他们听了十分高兴，夜晚我们陪他坐到12点多，他一直睡得香，没有大碍的样子，我回到小哥家睡下。没多久，大概3点多钟，小哥来叫我，我明白，我飞奔到父亲床前，父亲生命垂危，他大口大口地呼着气，十分吃力的样子。我和大哥、小哥、丈夫以及我二姐一家守候在床前，直至早上6点多钟，父亲一直紧紧地握着我的手，大口大口地呼吸着。看着他吃力难过的样子，我悲伤得心痛欲绝，我的父亲，我的爸爸，怎样才能减轻他的痛苦？他一直紧紧地握着我的手，突然他向我望了望，咧开嘴开心地笑了。他笑得很开心，脸上非常舒展地笑着，他突然说话了，我听见他很清晰地说了一个词"你好"，然后他头向右一偏，嘴角吐出了一些白沫，身体抽搐了几下，手上的脉搏停止了跳动。我的爸爸，我最亲最爱的爸爸去世了，这一刻我的整个世界坍塌了，在这个世界上给我生命，养我成长，为我呕心沥血，最心疼最爱我的男人离我而去了。我呼天抢地，我悲痛欲绝，谁能安慰我，谁能安慰得了我。我的爸爸死了，这个世界上最疼我最懂我的男人、最想我好的男人、最惜我的男人、最操心我的男人离我而去了。我跪着、我号叫着，我撕心裂肺、肝肠寸断地疼痛着……我无法用言语去形容我的悲伤……

伟大的父亲

父亲一生虽平凡，但他在我的心中是至高而伟大的。父亲年幼家贫，兄妹姐妹很多，他没有上过一天学，八九岁就到煤洞中去拖煤，和大人一样劳动。长年累月双腿泡在积水中，导致到中年双腿关节坏死、行走不便。青年的他清瘦、英俊、干净整洁，经人介绍从远在百余里之外的恩施红土入赘到宣恩的长坪与母亲成亲。一对苦命人儿，在风雨飘摇、荒无人烟、穷乡僻壤的不毛之地，安营扎寨开始了他们勤劳、拼搏的一生。父亲入赘与母亲撑起了外婆家的一大家子，他勤劳务实、踏实肯干，把家里经营得有滋有味，新修了木屋，开垦了许多田地，养殖了大群的牲畜，帮助外婆迎娶了大舅娘、小舅娘，嫁了二姨。他为这个大家贡献了他的所有力量，后来他当上了队长，一当就是十几年。在他的带领下，生产队搞得红红火火，人们生活得井然有序，家家户户酒肉飘香，全队老百姓和睦友爱，欢声笑语，人们都说他和蔼友善、关爱他人、有责任、能担当、有智慧。

我们五兄妹相继出世，他乐在其中，很是疼爱我们，他惜姐姐的灵敏俊秀，偏爱二哥的通达，严格管教大哥的顽劣，惜得小哥的智慧。最疼他的小女儿，无论我做错了什么，母亲对我如何严厉，他总是偏爱我、护着我，他没有打过我一回，也很少骂我。这一生，我是他手心中的宝，只是我懂得太迟，他就像一座为我遮风避雨的高山，又像一缕永不退却的暖阳，虽不那么张扬但细细品味，

167

它每时每刻都在。他怕我受伤害，他怕我不快乐，他为我付出，他为我甘愿付出他的所有，我的父亲，全天下最懂我，我也最懂他的父亲呀。

父亲的中年、老年都是在劳累中度过的。一生的操劳，用尽他的血汗送我们兄妹上学。他自豪，我们兄妹都上了学，二哥是华师大毕业、小哥是财校毕业、我是中师毕业。大姐与大哥都是初中毕业，是他们自己不愿意读书，父亲还是鼓励他们努力读书的。

年老的父亲，更是体贴我们，生怕麻烦大家，自己能动的事就努力自己做，种庄稼、养牛，他拖着疼痛的双腿，开垦了许多荒地，每年种的土豆、玉米都堆满房间。60多岁时他到海南我二哥家去住了两个月。听二嫂讲，在海南他总是为他们着想，不开空调、不坐公交，每天都想着为他们省钱。父亲年纪大了，满心满怀想的都是子女，谁有困难，他都要拿他积攒的钱接济，自己舍不得吃、舍不得穿。84岁的老父亲经历了他人生最大的伤痛，他失去了他疼爱的大女儿以及他的妻子、我的母亲，这对他无疑是致命的打击，他一度消沉，我们几兄妹总是鼓励他要他战胜自己。他表面是爽朗了点，但我知道他的内心无时无刻不在思念他的女儿与妻子，他每时每刻都在操心着他的儿女。我们都已成年，都有了各自的生活，都要为生活奔波，在人生的海洋中沉沉浮浮。他是一位智者，他远远地站在一旁观看着、聆听着、祈盼着、担心着。有什么办法呢，这就是人生，成人的生活就是这样，我们各自的生活是不可能完全不让他操心的。我的爸爸我的老父亲，谁要你操心，谁要你想东想西，谁要你不好好地保护你自己，谁要你天长日久那么的长情，我的爸爸我可亲可敬的爸爸呀！

爸爸要走的这半年里，我明显地感觉到他对我是那样的依赖，那样的疼爱，不管他是以何种方式来爱我，我都懂得，他所有的心愿我也明白。爸爸，我最亲、最爱、最可敬的父亲呀！

父亲的一生：

1. 父亲的一生是可敬的，是有成就的。他生养了我们五个子女，还有一个比亲闺女还亲的干女儿。六个子女都衣食无忧，乐观向上。

2. 他给了我生命，我会好好珍惜。

3. 他宽厚、仁爱的品德，我愿继承。

4. 愿他善良、勤劳、智慧的秉性给我源源不断的动力。

5. 愿他所有我明白、我懂的心愿我都能努力去兑现完成。

6. 愿我最敬爱的爸爸在天堂幸福、安康、快乐，保佑我们兄弟姐妹家家幸福、平安吉祥、顺遂发达。

过中秋

中秋将至，节日的气氛热气腾腾，车马喧嚣，人声鼎沸。法定的假日里，传统佳节谁都懂得用心享受，在夜雨的音韵中沉沉入睡，梦里享尽美食。月饼的款式五花八门，各种各样。有圆形的，有椭圆形的，有菱形的，都装在精美的包装盒里，无比谄媚地"勾引"着人。它们各怀心思，有豆沙馅的，有花生仁馅的，有芝麻馅的，有莲藕馅的，有水果冰糖馅的，还有腊肉和蛋黄馅的……

真是应有尽有，百尝不重，味美色绝。梦醒时满脸唾液，满腹惆怅，怅然若失，只有秋风秋雨在窗外喧嚣，气焰不减。我们尝试自己动手做月饼，制作开始：

1. 制作月饼面团，在大瓷盆中倒入适量面粉，配上合适的奶粉与少许食盐。

2. 在碗中打入 3 个土鸡蛋，加入白糖，搅拌 5 分钟，倒入融化的黄油和香精，并将其搅和均匀。

3. 制作面团，适时地倒加面粉，将混合物揉成面团。用塑料食用盖盖好，放置 40 分钟。

4. 做面饼，将面团取出，放在撒有面粉的案板上，反复揉，排出里面的空气，揉成光滑的长面团，切成大小均匀的小团子，按压成小圆饼。

5. 制作馅料，将准备好的果酱，剁碎的红枣、葡萄干、花生碎、黑芝麻、剥皮鸡蛋、板栗仁分别放置在大碗中备用。

6. 做月饼，将馅放在圆饼上，把饼边合拢捏紧揉成圆团，放入模具中，压成各种纹样的月饼，然后在月饼上刷上一层蛋液放入烤盘。

7. 将月饼放入烤箱或微波炉，中火烤半小时，看到月饼呈金黄色即可。

8. 取出月饼放入盘中，配上绿茶，细心品尝，不亦乐乎！

中秋除了享受自制的月饼，当然还有很多有情味的事。

赏月是其一。十五的月儿十六圆，中秋的月亮是将圆未满，也就是最美的时候。一轮皓月悬挂夜空，勾起多少人的心事。"露从今夜白，月是故乡明"，杜甫在混乱的安史之乱中，忧国忧民，愁肠百结，时逢中秋佳节，思念故乡亲人更甚，故提笔飞毫，留下千古名句。因戍楼鼓声不断，行人稀少，只有秋天的田野有孤雁鸣叫，白露中秋时节，月亮还是故乡的最为明亮。可以想象作为杜工部的他，看到年年战乱，民不聊生，就连亲人的消息也无从知晓，望着明月，听见孤雁鸣叫，心中是怎样的悲伤与愁苦。月亮还是故乡的皎洁、美好，只有故乡的一草一木才能牵动他的情愫。

故乡的月最为相思，家乡的物件也能托物寄情，如《梅花魂》一文作者，著名作家陈慧瑛的外祖父，身居与祖国隔海相望的台湾，因多年不能与祖国亲人团聚，把一幅有着祖国秉性，从大陆带去的梅花图视为珍宝，以此来借物寄情，表达对祖国对亲人无比的思念。在老人的心中，中国是有着梅花的秉性的，有骨气，有风骨，有盼头，有希望。故乡真好，祖国最亲，故有那么多脍炙人口、千年吟诵的诗词：

十五夜望月寄杜郎中

〔唐〕王建

中庭地白树栖鸦，

冷露无声湿桂花。

今夜月明人尽望，

不知秋思落谁家？

八月十五夜月

〔唐〕杜甫

满月飞明镜，

归心折大刀。

转蓬行地远，

攀桂仰天高。

水路疑霜雪，

林栖见羽毛。

此时瞻白兔，

直欲数秋毫。

中秋

［唐］司空图

闲吟秋景外，

万事觉悠悠。

此夜若无月，

一年虚过秋。

这才是中秋之夜最真实的写照。

中秋品月是其二。除了吃月饼、赏月、吟诗作对、望月寄情，品月更有情趣。望着圆月，听着蝉鸣蛙叫，凉风习习，一家人围坐，吃饼、喝茶，细声说话，或两三小儿，前穿后蹿，尽情打闹，听老人百遍重复着《后羿射日》的故事，女人们放肆地哈哈，男人们不停打着哈欠，不一会儿响起呼噜声。月光如同白昼，一如流泻的银辉，照满院墙的角角落落。偶有几片黄叶飘落，如飞花剑影，缥缈仿佛。小花猫从你脚下站起身来，弓着身子，伸伸懒腰，转个圈又安然慵懒地躺下，舔舔嘴唇，轻声地喵喵。你抬抬手，看看手表，时针正指着 11 点整，你懒得动一动，静听着风声，望着圆月，仔细端详着，仿佛要等着嫦娥下凡。看着看着，心思跑远了："一望无垠的大草原；绒绒的绿草，碧波万顷，你躺在上面，身心平静如佛，心中如舍如一。你来到如镜的湖面，倚躺其上，微波滋养着你，你变成了一滴水，和湖水共频起舞；你来到山顶，仰望夜空，苍穹之光漫漫，茫茫大地苍茫，你如一粒尘埃，在红尘中飘远……你来到家乡，看到家乡的一树一草、一房一宇，这里你太熟悉了。是故乡呀，故乡的山山水水，才有这般熟悉的模样，故乡的人们才有这般纯朴善良。他们还在忙碌，还在收割，他们在月光下谈笑，在月光里播种希望。噢，是故乡，故乡的小河在涓涓流淌，故乡的草地上结上了露霜，故乡的田野已收割完毕，故乡的村庄已安然进入了梦乡。故乡，此时的故乡是安宁的、美丽的、富饶的。"

垂下双手，回到现实，夜已很深，该回屋了。喊醒男人，收拾残食，月饼还很多，吃得多的是水果和花生馅的，明年就多做点这两种馅料的月饼吧。祝所有人中秋快乐，晚安！

自然之光（一）

风

一枚邮票飘落脚下，一枚弯如柳眉的邮票……

我来到阳台，屋外已是万家灯火，独倚楼台，一缕缕风儿如绕指柔，把我连头到脚钩住了。

它挑逗着我，撩起我的衣角，毫无负罪羞怯之感，从我的肚脐眼处，往上摸索，到胸口、颈脖、面颊、发顶，又转身从我身后，温柔地贴上来，整栋楼都被它拥住，只感到一阵阵微凉的战栗，血液轻轻地蠕动，张开毛孔迎接它、拥抱它、亲吻它吧，滋滋呼呼、呼呼丝丝……夏夜的风是讨喜的吧，望一眼楼下，灯火正浓，放眼万家灯火，群星璀璨，犹如白昼，微风从侧面拂过，捎来了悦耳欢歌。那动人的旋律，令人心驰神怡，让我也想高歌一曲，《踏山河》，那就来一段吧！

"秋风落日入长河，江南烟雨行舟，乱石穿空，卷起多少的烽火，万里山河都踏过，天下又入谁手，分分合合。不过几十载春秋。我在十面埋伏，四面楚歌的时候，把酒与苍天对酌。纵然一去不回，此战又如何。谁见万箭齐发，星火漫天夜如昼。刀光剑影交错，而我枪出如龙，乾坤撼动，一啸破苍穹。长枪刺破云霞，放下一生牵挂，望着寒月如牙。孤身纵马，生死无话。风卷残骑裂甲，血染万里黄沙，成败笑谈之间，与青史留下。"

　　又有一缕缕风为我送来了美酒佳肴的香味，谁家酒肆，如此香醇浓郁，让人垂涎欲滴，食欲难禁，抚镜正经，还是忍俊不禁，吞下满口唾液，风，真是个坏家伙，讨厌！又一股风从正面袭来，它是想撞一撞我吧，它劲可有一点大，抛来了浓浓的凉意，让人神清气爽，倍感欣慰。这酷热的天气，若没有风那才真叫人难过、无趣。春天的风是有耐心的，它不厌其烦地一遍又一遍地吹拂着大地，从一月吹到二月，再吹到三月。从寒冷吹到温暖，再吹到繁华，它从大到小，从塞外疯够了又回到中原，冰凉的外壳褪去，清亮的双眸睁开，春风十里，十里春风。

　　冬风就不同了，风大的时候真叫人饥寒彻骨，风小的时候，也叫人难过。记得有一年的冬天特别寒冷，一地的飞雪，满天的烈风，刺得行人打战，泪流满面。黄四娘死了，死在了这蛮横肆意的风雪夜。四面八方的乡邻探着雪路，深一脚浅一脚地，断断续续来到这偏荒僻野的旮旯地，一条脱毛、饿得骨瘦如柴的狗，四个同样骨瘦如柴的孩子，狂风肆意地袭击着本就破败不堪的房屋，凌乱的房间里四处丢弃着杂物，凹凸不平的地面上污渍斑斑，孩子们乱作一团地围着已经死去多时的母亲。大一点的孩子也才 10 来岁，最小的才刚刚能爬动。乡亲们把孩子们带开，开始准备安葬之事。风雪一刻也未停过，雪盖过了膝盖，没过了小腿。凛冽的寒风吹倒了死者的半边窝棚，仅有的一头小黑猪也在雪地里消失不见。风依旧整日地吹着，乡亲们在寒风暴雪中安葬了黄四娘，收养了她的四个孩子，那年的大风雪大得吓人，每每谈起，乡亲们都为之落泪。风还在吹着、吹着……

霜

霜降谓之冬天将近，正如宋代诗人叶梦得所赋："秋色渐将晚，霜信报黄花。小窗低户深映，微路绕欹斜。为问山翁何事，坐看流年轻度，拚却鬓双华。徙倚望沧海，天净水明霞。念平昔，空飘荡，遍天涯。归来三径重扫，松竹本吾家。却恨悲风时起，冉冉云间新雁，边马怨胡笳。谁似东山老，谈笑静胡沙。"秋霜是一种悲思，正如诗人一般，望秋凉，山野凋零，草枯树黄，悲悯时空的无常、往返的无奈，有谁能如自己所想，一一实现。谈笑间掌控胜券，霜是有棱角的，它在提醒秋天已过去，冬天就会来临。时空变幻，斗转星移，更冷酷的也就是全新的开始。

太阳

两小儿辩日：一儿曰："日出之时去人近，而日中时远也。"一儿曰："我以日初出远，而日中时近也。"上完"两小儿辩日"后，我也未曾搞清楚到底是早晨的太阳离我们近，还是中午的太阳离我们近。这个问题一直困扰了我很久，直到我查阅了资料才搞清楚，远近、大小，它讲的不是一回事，从太阳中心点到地球表面的一个固定点来说，肯定是早上距离长、中午距离短，只不过这点距离的变化并不足以导致早上凉、中午热。早上凉是太阳入射的角度引起的，不是"两小儿辩日"中讲的道理。太阳不光有着很多令人费解的秘密，它在人们日常生活中更扮演着至关重要的角色。阳光是一切生命的保障，可以增强人体抵抗力：中医上认为，晒太阳可以温煦人体的阳气，如果阳气充足，人体抵抗疾病的能力也会随之提高。杀菌：对于流感病毒等多种呼吸道传染病的病原体来说，阳光中的紫外线是其天然的克星，有些细菌甚至在数小时内就会被杀死。小朋友多晒太阳，还可以让骨骼长得健壮、结实。预防近视：《生命时报》曾报道过澳大利亚国立大学的一项研究，该研究认为，缺乏阳光照射可能是导致近视的原因之一。这是因为阳光可以刺激多巴胺的生成，而多巴胺可帮助避免眼轴变长，进而防止进入眼睛的光线在聚焦时出现焦点扭曲。因此，多晒太阳，多到户外活动，能帮助降低近视风险。提升维生素 D 水平：据《生命时报》报道，阳光能帮助身体生成骨骼和大脑所需的重要营养物质——维生素 D，而人体所需的大部分维生素 D 都来自晒太阳，少部分来自食物。可以说，维生素 D 缺乏与晒太阳少有很大关系。人体皮肤下含有一种固醇类物质，只有经过阳光照射才能转变成维生素 D，进而促进人体对钙、磷的吸收和利用，有利于骨骼健康。体内维生素 D 水平一旦提高，不仅能降低感染流感病毒及患呼吸道疾病的概率，还可以有效保护血管。阳光对于我们太重要了，生活中我们离不开它。

人心中的阳光更为重要，人生是需要心中洒满阳光的，只有心中有光才有温暖，才有方向。我很小的时候，发现家中有哥哥姐姐借来的各种各样的小人书，我虽没有上学，但我喜欢看书上的图画、喜欢揣摩图书上的意思。上了小学，习得了不少字，我对小人书更加爱不释手，看书、借书、读书一发不可收，仿佛看着书就是看到了太阳，看到了光明，沐浴在了温暖中。到了中学，我的身体出了一点状况，被迫休学。在这期间，也是书，伴我走过了寂寞难熬的漫漫冬夜，是书抚平了我悲伤的心。二哥的及时劝导，母亲的鼓励与支持，父亲的艰辛与付出，让我在那个严寒的冬天，踏过饥饿，蹚过自卑，顺着那一丝丝书香的方向，努力吮吸成长，坚定自己的理想，实现自己人生的第一个目标，考上了师范，走出了农村。贫穷与艰难不能限制人的理想，更不能磨灭人的希望。在那些困苦的日子里我咬牙学习，二哥的一封封书信成了我的光，它照亮了我人生的方向，指引着我走出自我束缚的黑暗，听见鸟语、闻见花香。虽然我内心仍然怯懦，仍然不够坚定坦荡，但是我相信了，坚定了只有自己努力拼搏，与命运抗争，才可能赢得人生的希望。那一年我已经知道，人是可以通过自己的努力改变自己的命运的。

随着年岁的增长，生活中出现了很多未曾预料的困难，但是我的师长、亲人用他们的聪慧刚毅，对人生的耐性和智慧，以及实际行动感化着我、指引着我。他们都是我人生的阳光。人生之路困难重重、风雨泥泞，你要自强自立、不惧风雨，再多的事、再烂的人、再不济的运气，也不是事，只要你有一颗永不服输的心、一颗勇敢的心，你照样会活得阳光灿烂。做一个活得通透的人，一个有魄力、有智慧的人。阳光普照大地，温暖人心，当你伤心无助时，你就晒晒太阳吧，它会温暖你，把阳光定格在自己心中，让心中生出一束光来，生出一股温暖强烈的光，温暖自己、照亮自己，同时也照亮他人。笃定地走好自己该走的路，去完善你不完美的人生。谁不喜欢温暖的阳光，谁不向往明亮灿烂的地方，愿你我都能找到自己的太阳，种下阳光，播撒阳光，笃定勇敢地走下去。

雨

　　雨是行走在大自然中的音乐家。昨晚一场及时雨浇透了酷热难耐的夏夜。清晨连鸟儿都显得格外有精神，在院中引吭高歌，来往的车辆，穿行在积水的马路上，溅起的水声，唰唰作响，天空还是朦胧一片，还好，今天还有雨下……果然，没过多久，又下起了蒙蒙细雨。雨很轻柔，软软地、轻灵地从高处往下飘洒；雨声很温柔，慢慢地雨开始变密、变细、变多，形成了一片雨雾。只听到簌簌的声响，不忍看它，只想象着置身于这样美妙的雨中，雨淋在身上，淋在万物生灵上，是多么的舒畅、多么的惬意呀，如一只温润轻柔的大手，缓缓地抚摸拂过，让你心旷神怡。雨开始加速，由细变粗，天空也更加明亮了，整片晶莹剔透的雨帘，挂在眼前，每一颗晶亮雀跃的雨珠，都欢蹦乱跳，它们在狂欢、在舞蹈。听，这多变的音乐欢快、紧凑，如高山流水，急流奔涌，又像万朵金莲撒在玻璃匣中，大雨接连下着、下着……

　　我的思绪飞到童年。童年的记忆里，下大雨是常有的事。外婆家的吊脚楼，淹成了池塘；我家的牛圈积满了水，猪在水中自由地游泳……大花狗抖着肥胖的身体，雨点飞花四溅；妈妈穿着蓑衣，撩着裤管，在雨中劳作。这一切是那样熟悉亲切。雨是多好呀，它可以让人回到从前，体味人生的悲苦、甘甜。我想每个人的人生中都与大雨相持过吧？在雨中，你或许是满怀喜悦的，雨是你脱去酷热的利器。你或许是伤心绝望的，因为除了这无边的雨幕，还有什么呢？你或许是心疼这好的一身行头，就这样变成落汤鸡，真是事与愿违呀。你也许是惊讶的，这雨这么恰好，当下，只有它才是你真正的知音，才能了解你的前世今生。下吧，下吧，狠狠地痛快下吧，让这雨洗去狂喜、冲走悲哀、带来欣喜、迎接希望，雨才是万物的精灵、大自然的音乐家，也只有雨才能承载那么那么多……

自然之光（二）

月亮

今夜的月亮又圆了，十五的月儿十六圆，真的没错。

月满，圆月，他如一个剔透硕大的银盘挂在夜空，月光温柔似水，没有一丝冗杂，茫茫银白，美妙不言。

儿时也喜欢月亮，总是在月光下做很多很多的梦，做很多很多的事。听故事、躲猫猫，自演自导话剧，看一场路途十分遥远的电影……在月光的抚摸下静坐，听一听蛙叫、闻一闻带露水的花香、想一想成熟的庄稼味道。儿时月光总是白晃晃的，总是温温柔柔的，好像带有一丝一丝不明的忧伤。从村头跑到村尾，一路追着伙伴，踩着自己的影子，让月影跟着自己，欢快充满整个村庄。从大树下跑过总是想起嫦娥：她是否在月树下，等候她的后羿？她的兔子是雄的、雌的？到底是一只怎样的兔子？满月如盘，父亲在山路上用肩顶着我，我抱着他的脑袋，随着看电影的大队人马，穿行在回家的山路中。山风拂面，人们精神高亢，他们唱着歌、欢笑着，一路小跑着回家。月光接送着人们，把人们安全地送回家。有大人们借着如昼的月光在水池边捉青蛙，还有的人在月光下做着不可告人的勾当。大地如禅，静得出奇，只有月光不离不弃，怀着包容之心，豁达地看着人们的一切……

谁家的孩子被打了，谁家的孩子又尿床了，谁家又遭小偷了，玉米地里又来了几头山猪，在树梢打瞌睡的山雀又掉下树了……这一切只有月亮看得见，他偷偷地笑着，但他依然挂在夜空，周而复始，斗转星移。

儿时在野地里疯跑的野丫头，如今已到中年。人到中年，已历经过许许多多如昼亮堂的月夜，但从来没有好好地去观赏过。就是每年中秋，有中秋赏月的习俗也未能如愿，与他深情凝目，静心开心对话。月光当然一如当年亮如白昼，月夜的美好，再也无时无心去专门享受。时光如梭，儿时无忧无虑的美好，是有几人能保留下来的。中年的无奈、人间的悲苦，只有心中的月光知晓，抑或天上的月亮记得，曾几何时那么多的孩童与他有约，相约每年每月，每个亮如白昼的夜晚，来一场不眠不休的欢闹、闲聊……

或许当我们年老时，再与儿孙一起重新来过……月亮依然，夜出昼隐，毫无华丽的藻饰，他还是遵守着他亘古不变的诺言，可我们又有多少东西能一如既往、亘古不变呢？月色如银，今夜我有幸、有时与他相拥，互诉衷肠。多少年过去了，春去秋来，不知我爽了多少次的约，今夜我如约而至，我要好好与你诉说……月亮我在这里……

我看到你圆圆的脸庞，溢出柔和的色泽，慈祥温和地笑着，与大地对视，山风娇柔树影婆娑，河水静流，我倚在你怀中，与你窃窃私语……

树林

我对树林有一种特殊的情感，因为自小我是在树林的滋养中长大的。农村的娃娃，谁不是呢？

树林是孩子们的摇篮。春天万物复苏，树林也活起来了。爬上山岭，走进树林。绿的灌木，依然绿得响亮，绿得生动，一片片晶莹的叶子在阳光里闪烁，它们有的聚拢，有的散开，有的是针叶形，有的是椭圆形，还有很多很多在簇拥、在开会。听，有一点春风经过，它们都在窃窃私语、唠唠叨叨，落叶的树木也不再突兀，它们的指尖上也长出了绿芽，小小的、嫩嫩的。小得可爱嫩得令人怜惜，有的像一枚指甲，有的像一粒小米，有的像一只小毛毛虫，有风有阳光的天气它们好像在脱壳，又像在拔节。总之，它们是有生命的小精灵，没风没阳光的时光里它们也在长大。不信你过一天、两天去看，那些小家伙就变大了，长出了小小儿的细叶儿来，像穿着五颜六色的超短裙，跃跃欲试、蠢蠢欲动。春风拂面，阳光正好，你站在树林里，听着百鸟啼鸣，闻着野花芬芳，看着生长的叶芽，你会觉得，你也在生长，你也会长出翅膀，像鸟儿一样在林中飞翔……

夏天的树林才是经典。深深的绿林，把你吞食在胸腹里，到处都是绿，你置身于绿色的大海里。小草疯长铺满山坡，树木花草最是繁茂。站在树林里，也不怕毒辣的阳光灼伤你的皮肤了，只需静静地倚靠在大树干上，像一只栖息的鸣蝉，喘着粗气，仰头望着大树，大树像一把绿色的巨伞，伸展枝冠，无比巨大。阳光从细缝里射向你，威力不再，只见一条条光束，光束可不止几条，千千万万条呢，从树叶的缝隙间直射落在齐腰的劲草上，形成斑驳的光影。蝉也破茧而出，有了声音，从不远不近的地方传来。叫不出名的鸟叫声，一声接着一声，清脆、婉转、甜美。草地上也有了野花，有紫色的、有粉白的、有红色的，各种各样、五颜六色，夺人眼球。

秋天的凉意催落了树叶，黄叶一片片凋落，最后大树落得光秃秃的，整片大山林只有几片绿树点缀其中，黄褐色成了它的主色调，厚厚的落叶垫满山野，踩上去软绵绵的。玩累了，就地躺下，软软的像睡在被褥上，枕着头，看着远天的蔚蓝，流云变幻。西迁的飞鸟，想象着它们各自的身份与故事，不知不觉就呼呼入睡。没有人叫不知睡多久，那一个个秋天树林里的梦，也不知要连续多长、多久，睡梦中在飞、在吃、在寻找……冬天的树林，开始更加萧瑟，只有四季常绿的松柏，显得与众不同，三五成群，形单影只地站立着，厚厚的秋叶，在林间打闹，有一会儿没一会儿地飞舞，天空也不再透亮，总是灰蒙蒙的。寒冬来了，鸟雀们都走了，只偶尔有几只飞雀在枯草丛中活动，弄得草叶丛丛作响，偶然也有一只松鼠窜出来，飞快地跳跑了，爬在远处的树干上，竖着尾巴，像在思考着什么，一会儿就消失不见了。树林开始沉静下来，它在等待雪的到来。果然没多久，树林迎来了它盼了很久的第一场大雪。纷纷扬扬的大雪肆意在林中飞舞，雪落在树梢上，落在草叶上，落在鸟窝里，一整夜又一整天，大雪积得厚厚的，到处一片雪白，连绿叶的松柏也没在了白色里。鸟雀们也安静了，它们躲在家里不出来，松鼠也安分了，再也看不到它巨大伞形的尾巴。太阳出来了，一会儿，半天，光与雪的较量，还是雪战胜了阳光，它依然厚厚地包裹着大地，大地树林一片洁白，树林在吮吸，它在雪的怀抱中成长，等待下一场瑞雪的到来。

飞鸟

冬天临近，屋旁的池塘，水泽浊浑，"荷尽已无擎雨盖"。四周的花草依然嫣然，毕竟这些都是人们精心培养的，是四季都不会凋败的。池塘群鱼追逐，鲜红的锦鲤，一团团一簇簇，休养生息。但寒意已经明显，行人不再是单衣了，秋已深，冬将至。

我倚栏凭观，只见一只漂亮的白鹭，提着它纤细瘦弱的大长腿在池塘边踱步，捕捉小鱼，大的鱼群从它身边游过，它还没来得及伸出它尖尖的长喙，鱼群就一哄而散了，剩下小不点的锦鲤天不怕地不怕地晃动身子，慢条斯理地在河岸边缓缓地游着。瞬时只见白鹭飞快地跳起，跃离地面，嘴像一把利剑似的直插水里，叼起小鱼飞落岸上，仰起头努力地吞咽着，一条红白相间的锦鲤吞下了肚，连它的脖子都未见鼓起，它在原地待了一小会儿，摇摇身子，抖抖翅膀上的羽毛，大踏步地向池塘下的石阶走去。大概它是又想趁鱼不备，捕食那儿的小鱼吧。我有点奇怪，这个时季，白鹭不都南迁了吗？怎么还有这么一只未飞走呢？看看它的模样，真如著名作家郭沫若所写的，那雪白的蓑毛，那全身的流线型结构，那铁色的长喙，那青色的脚，增之一分则嫌长，减之一分则嫌短；素之一忽则嫌白，黛之一忽则嫌黑。俊秀高贵，它大摇大摆的，一副毫不惧怕的样子。我想大概它也是一只吃货吧，它发现了这一方一半是水、一半是鱼的荷塘，就擅自决定脱离白鹭群单独留下来。果然，第二天我去看它，照样只见到它，它的同伴一只也未曾见到。第三天……一周、两周至寒冷的冬天降临，这只白鹭一如既往地留在这里，吃鱼、捕鱼、散步、鸣叫……周围的人们都习以为常了……谁也没有怪罪它，来年的春，池塘里的红色锦鲤或见渐少……但会有一群白鹭栖息这里吧？

院中的景色很美，绿色裹挟着庭院，一年四季里都有鸟儿美妙动人的啼叫声。特别是早春，天还没放亮，各种鸟儿都会集聚来，在树梢上尽情歌唱。杜鹃是千面歌王，它可是名副其实的实力唱将，只要它张嘴，就可以变换各种韵律、腔调，唱上几个钟头。其他的专业歌手们也在晨曦中尽情舒展，引颈高歌，大的、小的、五颜六色的、各种各样的都沉浸在自己的歌声中，不知是多情，还是练嗓，反正每个早晨你都会被这群小家伙所吸引，听着它们的歌，看着它们闹，这场景很是舒心怡人。鸟儿是精灵，它们也是有情义的。小时候，我大哥喂了只雉鸡，又叫野鸡、山鸡，捡到的时候才刚刚出壳，大哥捡回家精心喂养，它与大哥朝夕不离。后来长大后，它也整天跟着他，跟他一同上学、上山，做任何事情他们都形影不离。有一大大哥上山砍柴，从悬崖边掉了下去，受了重伤，不能动弹，他喂的山鸡飞回来，围着我们大声地啼叫，给我们报信。我们跟随它进山，大哥才得以脱险。那只山鸡真是通人性，它与我们一家大小都有感情，后来它吃什么东西吃坏肚子死了，我们一家人都很伤心，大哥把它安葬了。

鸟类也是通人性的，有情有义的，正如屠格涅夫笔下的麻雀，一只小小的麻雀，它为了救自己的孩子，勇敢地与庞然大物猎狗对峙。我想，这就是天性，是爱，请别见笑，我崇拜这些小小、活泼、勇敢的鸟儿。

自然之光（三）

村庄

作家亨利·戴维·梭罗的《瓦尔登湖》，就是他心灵的村庄，他用两年多的时间记录在瓦尔登湖的所见、所闻和所思。他详尽地描述了在循环更替的四季里，自己复杂的心路历程，几经循环、直到最终实现自我调整为止。他以最大的勇气和坚韧挑战了自我，最终实现自我心智的强大和谐。

每一个人都有一个心中最后的村庄，是心灵中最美的一方净土，是不容亵渎与鄙视的，瓦尔登湖就是作家亨利·戴维·梭罗的心灵家园。《瓦尔登湖》是一部优美的散文诗，它又是一部描写日常生活的流水账，同时是一幅流动的画。在这幅装帧精美的图画中，为我们详尽地描绘了宁静安详的世外桃源。它如此美妙，画面温馨清纯诱人，瓦尔登湖更是澄澈静美的。

如作者描叙春天的村庄："春天来了，红松鼠也钻到了我的屋子下面，每次总会结伴而至，我阅读写作的时候，它们会钻到我的脚下，怪怪地叫着，哧哧地笑着，像是脚尖蹭转，又化流水潺潺，这是我未曾耳闻的古怪声音。我一跺脚，它们只会闹得更凶，浑无惧意，也毫不自重，仍然由着性子嬉闹，而对人类的制止不理不睬。"

夏天的描写："我挚爱生活中充裕的闲暇，有时在夏日的清晨例行沐浴后，从日出到日中，我一直坐在洒满阳光的门口，沉湎于幻想的世界，四面是松树、漆树和山胡桃树。鸟儿在周围歌唱，不时悄悄地掠过房顶，幽静和僻远笼罩着这里，直到太阳斜倾西窗，或遥远的大路传来旅人马车辚辚，我才意识到光阴的推移，好似玉米成长于暗夜，我在夏天获得了滋养，这远胜于双手操持的任何事功。这段时光并没有从我的生命中扣除，相反，这恰恰在上天施与的光阴上又增添了不少，我因此领会了东方人放下劳作，沉思默想的用意。"

瓦尔登湖在作者的眼中，无处不充满生趣，是作者眼中心中的最爱，是这一方土地、这一方净土，修复了他冲突、矛盾的内心，让他找到了人生的终极意义。那么，我们的村庄又在哪里？是故乡，是他乡，还是你心中想象的境所？村庄，多么美好的词汇、多么温暖的河汇、多么柔软的地方。我的村庄，是一处四季分明、美丽富饶的地方，犹如瓦尔登湖。想起它，就会治愈我。

春天的村庄，万物复苏，山泉潺潺，碧草原野，鸟鸣鸡啼，牛羊成群，充满了欢声笑语，是让人想放歌吟唱的一首诗。

夏天，湖泽滋润，绿树掩映，庄稼成片，鲜化瓜果浪漫，是行人悠悠的一幅画。

秋天，瓜果飘香，秋收冬藏，热闹繁忙，鸡唱狗吠，牛羊成行，到处酒肉飘香，山野变成了一片金黄。

冬天的村庄，雪白一片，让人仿佛置身于童话的世界。

我的村庄就是我心里的瓦尔登湖。瓦尔登湖是亨利·戴维·梭罗的心灵村庄，我的心灵村庄在这里。如何坚守住人性的心灵村庄呢？但愿每个人都能在这纷纷扰扰的世界里坚守住最后的村庄。

翠竹

老家屋后有一片茂密葱茏的竹林，这片竹林承载着我童年的美好时光……

翠竹一年四季都是绿的，绿得有点扎眼，一大片鲜亮着。

清晨，天刚刚吐出鱼肚白，鸟雀们就在竹林中叫开了，叽叽喳喳、咿咿呀呀。听，有一只杜鹃，它兴奋异常，引颈高亢地欢叫，声音高八度，好似它发现了什么秘密，生怕别人不知道。一会儿它又变得小声小气，好像在细细诉说着什么，不一会儿那边的鸟雀也回应了，你一声、我一声地，一唱一和，整个竹林里都热闹了，开起了音乐会，歌声此起彼伏，欢闹一片。听！有高声部，有中声部，有合唱团，还有低音和声。它们各自用心地配合排练演唱，没有一只鸟出差错，也没有一只鸟不安分守己，没有扑棱，没有打闹，没有飞翔，整个竹林都沉浸在歌声中。只有阳光始终微笑地看着这一切。

翠竹也被唤醒了，它们伸伸懒腰，抖动身子，抖落露珠，在微风中簌簌作响，晶莹硕大的露珠，啪啪地打落在地，细细的碧绿的竹叶撑满整个竹园。竹园可是我们的乐园。白天，我们在竹园中找竹笋、寻竹菌、摘刺苔、捡鸡蛋、荡秋千。夜晚，我们来竹园里躲猫猫、捉迷藏，借着明亮的月色把竹园翻个底朝天。竹园深密、包容、阔大，把孩子们的欢笑、苦恼、打闹、追赶、攀爬都统统收纳。特别是月圆星稀的夜晚，孩子们一般都要在竹园里耍得很晚，大人们也懒得管，直至让孩子们玩得尽兴。有的孩子甚至在厚厚的竹叶垫上睡一晚，早晨醒来，浑身都是雾气露水，身心俱爽，没有半点不适。听到大人的声音，慌忙闪进屋去，假装伸伸懒腰，做出刚刚起床的样子。大人们是心知肚明的，吓唬孩子们说：竹园里有条大蛇，夜晚是不可以睡在竹园里的。这时小孩才有些后怕，心里逞强地哼哼："我是不会遇见蛇的。"到了中午，翠竹更加明媚了，它们吹响了长笛，在阳光或雨篷中开始跳动生长、拔节、长叶，一大片的竹林，都像在暗暗使劲，生机勃勃。没多久，竹园中或外园地里就新钻出了许多细小尖尖的笋芽。听老人们讲，这些笋芽在地底下一般要蛰伏几年，甚至更多年才能破土而出，大地上面就由它自由发挥了，它很快地拔节、生长，没多久就长成了一根粗大的翠竹。人们对翠竹是怀有敬意的，不光是因为他们懂得翠竹的生长规律，更是因为竹子具有的品性与奉献精神。

竹子全身都是宝，嫩小时竹笋能入药、能食用，长大的竹子有各种用途，修房造宇、铺路搭桥、引水避漏，还可以用它编成各种乐器、竹器用具，什么竹耙、簸箕、撮箕、米筛、糠筛、骨筛、背笼、扁担、锄头、斗篷、箩筐，还可用它做成竹碗、竹筷、竹柜、竹箱……翠竹的用途真是难以言尽，好像谁拥有一片竹林，就拥有了一笔可观的财富。孩子们更是把翠竹奉为神圣的游乐园。当然翠竹不仅仅具有上述诸多优点，更有着清益美名，多少文人墨客喜竹赏竹，并赋之以高歌，如：

渔家傲

　　一派潺流碧涨，新亭四面山相向，翠竹岭头明月上，迷俯仰。月轮正在泉中漾，更待高秋天气爽。菊花香里开新酿。酒美宾嘉真胜赏。红粉唱，山深分外歌声响。

竹石

　　咬定青山不放松，立根原在破岩中。

　　千磨万击还坚劲，任尔东西南北风。

翠竹多能，更多情，高洁神圣。

自然之光（四）

美食

懂生活的人都是美食家。

一个真正热爱生活的人，都是美食家。

谁不热爱美食呢？民以食为天，再者人是铁，饭是钢，一顿不吃饿得慌。吃饱肚子，是人的第一需求。吃穿住行，吃也排在第一。享受吃，享受美食是一件幸福的事，也能体现一个人的品位与价值追求，更能体现一个民族的风貌、国家的繁荣。人所有的价值不就是体现在对他人、对社会、对团体的贡献吗？最大的贡献就是贡献情绪价值与快乐价值，让他人从你身上感受体会快乐，健康地影响他人的生活，造福他人、造福社会，推动社会健康发展，而美食的作用就是其中之一。食之性也，性，人之本性。美食，小从一个人、一个家庭，大到一个团体、一个阶层。它是一种纽带，好的吃喝氛围能建造、能改造、能重组、扭转好的风气，奠定良好的基石，营造舒适的氛围，体现积极、蓬勃向上的动力。盘古开天辟地人们就为了一张嘴努力拼命，再进化点，为了美食而拼尽全力，更甚者为了一张嘴各显神通。美食是一种文化，是一个地域一个国家风貌的体现，国富则民强，民强则国安，强国则根固，根固才长远，人们安居乐业，烟火旺盛，就是国家繁荣昌盛的最基本的表象。

美食，谁不喜欢呢？自古以来，皇帝们就不用说了，收罗天下美食，为之品尝，每食则满汉全席，山珍海味，玉露琼浆应有尽有用之无尽，更有许多美食都是那些伟大的吃货研发，以此命名。如"曹操鸡"：三国时期的泸州（今合肥），因地处关要，是兵家互争之地。曹操统一北方后，从洛阳率军，南下伐吴，行至泸州时，在此安营扎寨，日夜操练人马。此时曹操头痛病复发，卧床不起，御膳房便遵医嘱，备齐，为其烹调了药膳鸡，厨师选用了当地仔鸡，配上中药、陈酒精心烹制而成。曹操食用后，深感味道鲜美，食欲大增，随之病也渐愈，身体很快康复了。此后，曹操每餐必食此鸡，因此后人传此鸡为"曹操鸡"。

制作方法：

1. 将母鸡宰杀，控尽血水，用 80℃ 左右热水烫泡，不要碰破鸡皮。再将鸡毛煺净，从脊背开刀，掏去内脏和嗉囊，用清水冲洗、沥净，放置七八个小时备用。

2. 烧一锅沸水，将鸡放入，余 10 分钟左右捞起洗净，剁去头和爪。取砂锅一只，将鸡置入，注入清水淹没鸡身，将砂锅放大火上烧开，撇去浮沫，改小火炖约 40 分钟，待鸡至六成熟时，捞出沥干水分。将鸡沿背部一剖两半，再将每半个鸡身平分两块，鸡身共成四块，放在盘中备用。

3. 取汤碗一只，放入冷鸡汤，姜切片，葱切成块，再将味精、花椒、白酒一起放入碗内，搅拌均匀，放入鸡块。然后用一重物将鸡压入汤中。用盘子把鸡盖严，浸泡约 4 小时，揭去盘子，将鸡块取出，斜刀片切成长方条形，一只鸡约可切成 16 块。整齐地码放在盘中，形状如馒头。这道菜在安徽合肥最为有名，其营养丰富，有食疗保健的功效。

楚霸王项羽的"烧杂烩"。

"烧杂烩"盛行在苏北一带，是此地宾宴、红白喜事餐桌不可缺少的一道美食。此菜主料有鱼、有肉还兼以海产野味儿，是一道荤素搭配、味性相佐的大杂烩。楚霸王项羽这一生只对虞姬最为爱恋，绝无二心，终身相伴。可却在饭菜上"花心"异常，每顿饭菜不可有两样，这可难为了厨子们，为了给主子健壮身体，厨子们日夜研究，终于有一位厨子想出一个好配方：

将鸡、鱼、肉等营养食材全部放入一锅，精心烹调后端给大王项羽，本以为大王会不满意，备好了挨训之心，未承想，项羽吃了第一口，胃口就大开，一大碗杂烩不一会儿便吃了个精光。且告知厨子以后就要这样烧菜！后来人们为了怀念楚王所立的功绩，"烧杂烩"在民间被流传开来。文人墨客，更是品评，尽显风雅，如东坡肉、东坡肘子、西施豆腐、陆游甜羹……

现代人更是推陈出新。舌尖上的美食，名不其详，言之无尽。享受自己喜好的美食是一种福德，是一种滋养，是一种修炼。如宋朝钱惟演《玉楼春·锦筝参差朱栏曲》：劝君速吃莫踌躇，看被南风吹作竹。（当下要尽情享受南方的美味竹笋，不要犹豫不要踌躇）宋朝释云岫《与大知客》：赵州道个吃茶去，一滴何曾湿口唇。宋朝杨万里《初夏即事十二解》：金樱身子玫瑰脸，更吃饧枝蜜果香。
更多诗文：十一年来春梦冷，南游且吃玉川茶。看花吃酒唱歌去，
如此风流有几人。

美食，美呼焉。

自然之光（五）

酉水欢歌

酉水欢歌，千年不绝。

酉水河畔的春天来了，行人二三，缓挪微步，沐浴在晨光雾霭里，任春风拂面。看一泽浅流自上而下哗哗流淌，河水清澈明净，河中卵石凹凸，水草丛丛，银鱼追闹，几只野鸭潜伏在水洼中沉浮，扑打着有力的翅膀，扑棱棱、扑棱棱，嘎嘎、嘎嘎……一根遒劲有力的树枝伸长手臂，想遮住河的半边脸，一大群山雀在萧瑟的树丛中跳跃，落地，寻找，飞起。只有偶尔一棵又一棵常青木在树丛中静寞、含笑，它在耐心地打量着这一切，用心地聆听着只有它才能听懂的歌，哗哗……哗哗……

这是多年前的酉水河。常青木长高了，它的伙伴成排成行了，它每天与酉水、鲜花做伴，别提多开心了，酉水也更欢快了，哗哗哗哗……哗哗啦啦……

转眼到了夏天，宽阔丰腴的河水，缓缓地流淌。凉爽的夏夜只有酉水河以及它的宽广、无私、包容才能给予。两岸步行塑胶走道边筑起高高的护城墙，墙壁上绘落着栩栩如生的祥云、仙鹤，巨幅的宣恩仙山贡水图，闪烁有致，美妙有趣，河上悬挂的橘灯，金光耀眼，还有紫色的葡萄、雪白的香梨、红红的大苹果，它们铺排有致，组图成趣，万千霓虹与水波闪烁，相映生辉，幻象丛丛，把温婉、儒雅、大气的酉水河点缀得缥缈梦幻。

一桥通南北，大桥上的灯饰更是美丽夺目，远远望去，整座大桥金光灿烂，每个桥洞都灵波荡漾、金碧辉煌、熠熠生辉，那种美没法描绘，只有一词"震撼"。"震撼"再往下行，一河的灯光，分不清东西南北，只觉得已入仙境，不问何方。灯是无数的星，星是无数的梦，人们在梦中沉沦、陶醉。偶有小舟划过，灵波激醒游人："噢！呀！……好美！"真是仙山贡水，浪漫宣恩。临水听歌，酉水开始表演了，只见它时而轻吟，轻拂衣衫，时而婉转，轻跳凌空，时而激昂高亢，一跃冲天，点点盈香洒满游人，时而雄浑铿锵，舞步翩翩，从它的口中喷涌出的歌韵，连绵不绝，舞蹈也随它的歌声变化万千，一瞥惊鸿，复看美轮美奂，再看流连忘返。行人驻足，层层叠叠站立两岸，或坐或仰，或惊或呼，或嗔或痴，这一河的美，这满河的歌，真叫人舒畅，令人激动难忘。

当阵阵桂香浸满全城的时候，酉水河也收敛了泼辣的性格，变得含蕴沉静起来，柔凉凉的风吹弹着湖面，河水如丝如绸，它在酝酿、在发酵、在邀请。"全国龙舟赛""全州的水上运动会""全民健身操""全县宣讲推荐会"，是呀，整个秋天它都在忙。忙着给予，忙着滋养，忙着歌唱：

我是酉水河哟，

自西向东流。

从古至今，

我见证了古代商贾繁华，

也迎来了如今的盛世美景。

我经历过满目疮痍百年沉寂，

经历过艰苦卓绝哔哔哗哗……

乾隆恩准宣恩诞生，

伍家台贡茶，

一叶动天下。

皇恩宠锡薅草锣鼓，

入选国家非物质文化遗产。

彭家寨庆阳老街，

也走进了中国历史文化名村。

宣恩你走进了全国文明城市提名。

我是宣恩的贡水河哟！

创新，协调，绿色，开放，共享，"一带一路"。

弘扬民族文化，

景城融合，

人在城中，

城在景中，

我自豪穿城欢歌。

东望狮子关，

西游野椒园，

南承九子抱母，

北品贡茶香韵，

我自豪欢歌而行……

酉水欢歌，千年不绝。涵养大地，流远东西。

自然之光（六）

梦

梦，是睡眠时局部大脑皮质还没有完全停止活动而引起的脑中的表象活动。常言道：日有所思，夜有所梦。

梦可以组成很多的词语，如梦想、梦幻、圆梦、噩梦、做梦、梦中、梦境、筑梦、梦乡、梦魇、逐梦、云梦、托梦、梦兰、诗梦……可见梦的富饶广博。

我喜欢做梦，梦里梦外都是困惑，梦是我生活的一部分，自从儿时有记忆起。记得小时候总梦见自己在飞，在飘满花瓣的金色阳光里任意飞翔，飞过高山穿越峡谷，落在草地树梢；有时甚至坐在月亮上，看见满天的星星、闪闪的银河、缥缈的亭台楼阁，看见美丽异常的嫦娥仙子，手中抱着玉兔；有时又穿行在飞满各种美食的空中，努力地追逐着各种美食，但就是吃不着吃不饱，只有股股诱人的香味和满口的涎水，顺着嘴流湿了被褥；有时又梦见自己当上了大将军征战沙场，身披铠甲，策马奔腾，英勇无比；有时候梦见的是一只飞鸟，在空中飞越万里，飞到国外，有冷雪，有江海，有沙漠，有草原……好像那些地方都很熟悉，有一种很舒服很亲切的感觉，如同回到了久别生活过的地方。

最有趣的是我梦见自己是把长得像鱼的利剑，我穿过大鱼的肚腹，又穿过一群又一群的鱼腹最后变成了一条美人鱼，走上岸，走向了灯火璀璨的大城市。

还有，我童年时很多年一直做着同一个梦，就是梦见自己总被一只巨大无比的白色山羊追赶，我害怕极了，我藏着、躲着，追着追着那只山羊就慢慢地脱毛，变得浑身溃烂、臭气熏天的，它一直追赶着我、吓唬着我，我在梦中无比恐惧害怕，醒来吓得一身冷汗。这个梦一直缠绕着我，好像做了六七年吧。

梦始终与我缠缠绵绵，若即若离。前不久我又做了一个与小时候一模一样的梦：又梦见一只大山羊，拼命地追赶着我，我又变成了一个小孩，在荒无人烟的草原上奔跑，吓得我一身冷汗。醒来夜已很深，窗外月朗星稀，外面的蝉拼命地叫着，天气酷热无比，我想山羊长得很大是肥美的象征，这是预示着我要幸运发财了呢。

自然之光（七）

生、老、病、死

人生是一段旅程，它包括生老病死、悲欢离合，这些才是真实与现实的，没有意外这是必然。

生，出生，从母腹中呱呱落地，睁眼慢慢地认识人与世界，这要很长很长的一段过程，学习、实践、构建，幼稚、懵懂、成熟，经过爱与痛、悲与欢，长大成人，这一过程中要经历各种考验，挣脱各种束缚，战胜多面自我，树立正确的人生观、价值观，从而走上一条属于自己的人生路。

生，生活，无论是在幼童阶段、少儿阶段、青年阶段，每一个阶段你的生活、你的环境影响了你的一切，但这也不是绝对的，生活在温馨和睦的氛围里，你会长成一个勇敢、有责任、有担当、宽容有爱的人。如果你生活在繁杂不堪的氛围中，你要挣脱这些桎梏，从反面来确定你的人生方向，从逆向思考人生。如果你生活在贫困绝望的环境下，那么你要改天换命，拯救自己。那么如果你一直不懂，也不去思考，你终将会是一个什么样的人？你就会自失时机，白费时光，浪费生活，被生活所禁、被生活吃掉，失去自我。

生，新生，如果出生、生活，都不如意，或者是比较满意，或者是十分惬意，你也要不被生活所累，不被乱花迷了眼，在一段时光里沉淀、反思，学会蜕皮、学会反观、学会生活、学会新生、活出你想象的样子，人生只有不断地磨砺、挣扎、改变、新生，你才可能活出你想要的样子。

老，指年纪大了，人的各种器官都衰老退化了，走在人生最后的时段，不再年轻，不再活蹦乱跳。老也指成熟，指人的心智、体能等方面逐渐完善接近完美。老也指人的思想成熟，心虑周全，老辣不被忽悠，老练持重。老有很多的优势，夕阳无限好、老当益壮、老有所依、姜是老的辣。

病，是人的防疫系统紊乱，造成肌体不通畅、器官休眠或罢工等。生病也是一件好事，它可以反映很多东西，为什么会生病？是哪里瘀滞堵塞了？是什么引发了你的不快？要你开始关注你的健康，关注你的情绪，关注你的爱好与关注你的不良习惯。生病会让你明白很多事情，或者会让你从此大彻大悟，真正领略人生的真谛。病了追根询医、要健身、要养身，更主要的是养心，只要找到病因，药到病除，生病是没有什么可怕的。

死亡，死亡是人生的终结，是人都难以逃脱终老，死就是一种重生。

自然之光（八）

《道德经》

　　相传老子修道、悟道、传道，著书上下篇即《道德经》。

　　春秋末期的老子姓李名耳，字聃，一字伯阳，或曰谥伯阳，生卒年月不详，籍贯也多有争议。老子为道家学派创始人和主要代表人物，与庄子并称"老庄"。在道教中被尊为道祖，称"太上老君"。在道教中，《庄子》又称《南华真经》，《列子》又称《冲虚真经》，与《道德真经》合称"三真经"，被道教奉为主要经典。

　　据道教典籍记载，老子曾任周守藏史，后来迁为柱下史。周朝衰落之际，老子辞官离去，经函谷关时，县令尹喜恳请他著书传世，于是老子写下五千余言，即传诵千古的《道德经》。

　　现存通行本《老子》，多数学者认为在孔子、墨翟之后，可能成书于战国中前期。王弼注本、傅奕本上篇言道，下篇言德。1973年长沙马王堆汉墓出土的帛书《老子》甲、乙本，则上篇为《德篇》，下篇为《道篇》。在上下篇中分章次第，以及《道德经》的题名都是后人所加。

《道德经》是被翻译成最多种语言的传世经典，老子在 2500 多年前，浓缩自己一生关于宇宙、社会和人生的思考，为后世子孙留下了一份遮风避雨的智慧和永恒的精神财富，成为中华民族绵延不绝的东方智慧本源。《道德经》全书 81 章仅 5162 个字，却够每个中国人参悟一生。书中以老子幼年、青年、老年三个不同的阶段经历的故事为核心，展现了老子求道、悟道、传道的一生，彰显了哲学先祖伟大的东方智慧。或许对于今天的我们来说，对《道德经》的第一感受是看不懂，但是我们仍感到非常震撼，虽然不全懂，但《道德经》的思想已经渗入今天普通老百姓生活的方方面面，比如说大道至简、天长地久、上善若水等。何谓"上善若水"，我们随老子观水悟道，开启智慧之门。老子成功悟道，和"水"有着莫大的渊源，《道德经》中有一句话，影响极为深远，"上善若水，水善利万物而不争"。

幼年的老子说：海是最聪明的水，它知道守在最低处的地方，所以它长得最大，正所谓江海之所以能成为百谷之王，因为它最低，善于处下，所以它能成为百谷之王。

青年的老子说：泽世人者，世人永奉。世人应当永远学习水福泽万物，成就万物的美德。

老年的老子说：天下没有比水更柔弱的了，而坚强的没有能胜过它的，水可以汹涛拍岸，可以滴水穿石，可以汇流载舟。水无形无色应时变化，水遇物赋形能适应各种地形与环境，平沟越坎，滴隙挂崖，迂回曲折无处不可存身，随方就圆，无处不可完满，水避高趋下，因势利导，无孔不入，抵达万方，它不弃细流与污水，海纳百川，这个世界上再也没有东西像"水"一样能够接近道了。

老子一生历经求道、悟道、传道，最终找到了为世人遮风挡雨的智慧。为什么几千年来，我们的文化从未断流，我们的民族屹立不倒?《道德经》的智慧穿越了 2500 多年，照亮了世人，它已经融入了中华民族的血液之中，成为我们中华民族精神的脊梁，典籍如灯，可以照亮世人。

自然之光（九）

花

秋至，繁花落尽，只有品种极少的几种花卉能在秋风里盛放，秋天里的花有菊花、桂花、百合、月季、蝴蝶兰……

菊花，在我们这里不是很多，偶有一户爱花的人种植几盆，品种也很单一，就是常见的秋菊、盆栽菊（盆菊），三桥头，上坡行至 200 米处有一户人家在自家的院坝坎上用大花盆栽植了 6 盆秋菊，每年花期菊花怒放，很是美丽。菊花茎直高、分枝较少、叶卵形，花开时，开始是淡绿色的苞蕾，渐渐变成红、黄、白、橙、紫、粉、暗红等各色，等花瓣展开，形成管状花，大如掌团、蓬勃旺盛、讨人喜欢。菊花的花期很长，一般从 9 月到 11 月。每当菊花一排排大气端庄，无比傲娇地怒放时，我们行走至此总要驻足观赏。花是如此娇美，一大团一大团的蓬勃着，挺着身子站成一排好像一排超模，风情万种又不失儒雅，仪态万方又不失尊贵。好一幅秋景图：多姿的秋菊，白的如雪，红的似火，黄的似金，粉紫似黛，这家主人是花了多少心思，才培植出如此娇艳的花来，甚是令人感叹。

桂花，每年秋天，我家的院子总是浸在桂花的香气里，走也走不出，闻也闻不够，桂花开、秋香到。桂花是我们院子的一景，院子很大，是国税局家属住宅区和建行家属住宅区互通的。两个大院坝，各自植花养树、砌假山、造河池、种莲藕、养红鱼，春有百花、夏有河莲、秋有桂花。现在正是桂花盛开的季节，满院的桂树成排成行站立院中，像一名名绿色的战士，它们修长俊美，有的像一把撑开的绿色大伞，有的像一个大大的巨型蘑菇，有的高高大大，有的矮胖丰满，只是它们都毫不吝啬满树满树地缀满小花。桂花细小金黄，一朵朵金黄的小不点就像一个个娇小可爱害羞的小女孩，在茂盛的枝叶里躲躲藏藏、香嫩无比。桂花飘香最浓的是农历九月，花开正浓，真是香飘十里，但更重要的是这种香香得恰到好处，不是浓郁熏人的烈香，也不是清淡寡人的香气，而是耐人寻味，淡雅，若有若无的馨香。闻之，让人神清气爽，使人魂牵梦萦；再闻，更觉香味醇厚、香甜；反复吸之，顿觉世界之清静，心绪之悠远，大地之纯明。桂花你是多么智慧的花呀，浓淡相宜，远近相安，多么适宜的花呀！

我姐银菊在我家前面的山坡田里栽种了许多百合，她春种，夏施肥、拔草，到了秋季，一大片的百合花开满田野，一朵朵、一片片，连绵一坡像是一方晶莹剔透的海洋。仔细看那一片海水的颜色，又是极淡的素色的花瓣在田里抖动，像是一地旌旗的倩影，六瓣洁白，末端稍稍卷曲，合成一朵饱满的长筒花形，纤长的花蕊从层叠的花瓣中探出头来，袅袅娜娜、娉娉婷婷，宛若一个个身姿曼妙的少女，笑盈盈地点头示意。百合的香气也很好闻，浓浓的馨香沁人心脾，浓而静雅、郁而生津，让人不免对百合肃然起敬。它给人一种高雅纯洁，不可亵渎的神圣之感，难怪人们把百合作为吉祥之花，以它寓意吉祥如意、百年好合、百事顺心。

　　我的生活离不开花。我喜欢自己种花，种牡丹、月季、水仙、山茶、栀子、三角梅、君子兰、兰花等。在这些花里，山茶花不好成活，要用心养植，再者三角梅也最好栽植在外，露天吸水之地，不然它就很可能弃你而去。其他的几种花都好种植，只要你稍了解它们的秉性，与它们为善，多关爱点它们，它们也会投桃报李给你以惊喜。我最喜欢栀子花，喜欢它洁白而香艳的身躯，最喜欢它那久闻不厌的香气，一朵栀子花满屋留香，袅袅婷婷。栀子花也代表着一种生活态度，如果你从一户人家走过，看到一树、一丛栀子怒放飘香，你一定会觉得这是一户爱美、爱生活、会生活的人家，因为他让自己喜悦，同时又不吝啬分享芬芳。栀子花真好，我用心栽植多年才有两株成活的，每年花期很长，香香甜甜的，我很喜欢它们。

　　花是美丽的、无私的，同时也是伟大的，因为它不仅有好看的外表，同时也有着可贵的精神。

自然之光（十）

月光下的圆舞曲

"你有没有特别喜欢的人？""当然有，比如你，比如桥姨，当然还有很多让人敬佩与喜欢的人。"我对女儿说。

喜欢一个人，首先第一印象应该是有眼缘吧，桥姨的出现很大程度上是"一见钟情"吧。多年前在广场跳舞，我认识了她。当时她还年轻，齐肩的短发，干练清爽，衣服修饰得体，衬着她娇美的面庞，着一双半高跟黑舞鞋，整个人看起来容光焕发，精神抖擞。可亲得如一缕春风，给她周围的人春风拂面般的温暖。我一下喜欢上了她，准确地讲是深深地爱慕她，她热情开朗、温婉大气、侃侃而谈，与她交流如沐春风。她知识渊博、人情练达，是一位生活的智者。常言道"君子之交淡如水"，是的，与她交往你会心安，你会心静、平和而温暖，你会觉得生活里有香、有味、有情趣，10多年了，虽然我与她不时时相见，但也算得上心心相悦吧！

在我很小的时候也很认真地喜欢过一个人，她的那种魅力，我至今难忘。她是我小学老师的爱人，姓曹，每次与她相见，她总是给人以无限温情，温暖的笑容能融化空气，说话温温柔柔的，就像树上的百灵鸟一样悦耳动人，绽放的笑脸就像三月的暖阳，入骨三分。当年我不明白为何偏偏喜欢她，现在明白，我是喜欢她的品质，喜欢她的笑脸，喜欢她的女人味！是呀，她的一颦一笑、一举一动，都会让人觉得温暖、觉得舒服。

女人有着千千万万，每一个女人都是一个独立的个体，都是一位独立的女性，活得独立，也不容易。虽然世间有着那么多的美好，然而要想拥有这些，女人的付出要比男人更多。女人被定义为家庭第一，而在当今汹涌澎湃的世道中，光有家庭是远远不够的，女人要独立，要有人民币，要有健康的身体，要有可经岁月的脸蛋，要有出得厅堂、入得厨房的本领，还要有……可是谁又赐予女人三头六臂呢？男人只需好好工作，努力工作，出色工作，绝对没有人说长道短，而我辈女人，做得贤妻良母又被说成"头发长，见识短"，做得好又是顾此失彼，真是难以合得群心，想活得随心点，那是不容易的一件事。

我有一位好朋友，她比我小 10 岁，属于那种大胆聪慧洒脱之人，她的口才更是了得。多年后我再没遇见有她那样口才的人，就连我校有"口才王"之称的老师，也未必有她的滔滔不绝、妙语连珠、扣人心弦。她活得理性而出彩，可是这些都是她历经了许多苦痛沉淀下的。她曾说："我曾低到尘埃里，但我也要从尘埃中开出花来。"她做到了，如今的她在利川市教委工作，继续飞扬着她的三寸不烂之舌，指点江山，激扬文字。

生活中除了这些看似娇弱但并不孱弱的女子，更有许多的女

| 213

人，她们坚强果敢，直面人生的各种磨难，从不叫苦、从不认尿，只是努力地做好自己，活出自己。50 多岁的她，在校德高望重、温暖慈祥，是爱岗敬业的典范，可又有多少人知道，她的爱人从年轻时就常年体弱多病，她要照顾年迈老母，还要照顾丈夫，养育女儿。女儿在她的培育下，干练出色，已是某机关单位副局长，女婿也是一表人才。一家人在她的经营下，团结友爱，温馨和美。谁说她不是英雄，谁说她不伟大？虽然说生活都是这样过的，但又有多少人知道，她为了她的家，为了她身边的亲人付出了多少心血、多少疼痛？

所幸还好，岁月不曾辜负每一个用真心对待它的人，她们健康、快乐、通透、美好！

愿每个女人都能在岁月里兑现诺言，巧笑嫣然与岁月共舞。

自然之光（十一）

秋天你好

在一片蛙鸣、蝉噪声中，九月到，初秋至。

秋天你好！

艳阳高照，五谷丰登。

初秋的九月，阳光依旧火辣，秋老虎，仍然勇猛。今年在老天爷的关照与赏赐下，是一个大丰收年。金黄的玉米棒子，长满田间、山坡、路旁，比牛角还大，一个个傲娇地横着身子，露出自己丰腴的身子，淡黄的衣裤已不能遮住它们那猛长的个头，粒粒饱满晶亮的米粒，咧着嘴暴露在外，远远望去就像一个个胖娃娃的脸蛋淘气而可爱，每次路过总是忍不住驻足凝神，细细对视，相互倾慕，这玉米真得劲儿，可乐坏了它的主人们。

一周、两周，玉米完全成熟了，一筐筐一篮篮沉甸甸的玉米被主人拉回来，金黄的棒子黄澄澄地堆成了山，铺了一地，整个大场坝都是躺着的滚圆滚圆的"胖娃娃"。它们享受着阳光的恩惠，把自己晒得金黄透亮，连最后的一点杂质水汽和棒心也抛洒空中，任脱粒机轰轰不绝，最后留下一地的诚意，粒粒饱满，颗颗金亮，如一地厚实的珍珠，米粒堆成了大大小小的山包。

山风拂过，农民阿叔笑得合不拢嘴，老阿妈也笑平了脸上的皱纹。看着玉米，捧在手中，闻着米香，回想着这些米粒儿的前世今生：春种，夏长，秋收，冬藏；想着用它们做成的饭食，美味飘香。多少个时段，还要为它们酝酿，把它们来创造，是做成米酒，做成米粒，做成粑儿，还是做成糕点，这些都是妈妈们的事了。男人们只管收割、铺晒、冬藏，至于饭桌上的铺呈他们是稀少掺和的。秋天的九月，到处都飘溢着成熟的芬芳。

各种庄稼都成熟了。红薯，挣脱了所有的束缚，被爷爷、奶奶、叔叔、阿姨们全盘托出，静静地躺在土地上，红红的、白白的，铺得满山满岭。稻谷都收割完毕，从喷香的新米饭中溢流着丰收的喜悦。

瓜果飘香

秋风送爽，湛蓝的天空，辽远深邃，温暖的阳光，从晨光的熹微中一跃而起，久久地驻守空中，用最大的热情恪守着它的职责，没有半点倦怠与不悦。它满面微笑地投给人们光与温暖、爱与热情。大树安静了，庄稼成熟了，人们开心了，果园热闹了。果园里的果子成熟了，一树树的苹果，红得树都低下了头，把满树大大的苹果举得高高的，让它们充分地享受阳光。苹果真大呀，一个个像极了娃娃头，圆溜溜、红扑扑、脆生生、嫩滋滋的，看着就想上前去亲上一口。

橘子也成熟了。山坡上的橘子层层叠叠、挨挨挤挤地挂满枝头，黄黄的，像千万盏黄色的小灯笼挂满山坡，一阵风拂过，灯笼与苹果互相呼应，满园的果子像在开大会，没有几人能听清，但都知道，它们是在开丰收大会，它们在争论，在欢笑，在窸窸窣窣，在欢蹦乱跳，在向人们展示它们的成果呢。

一阵风吹来，果园里香气浸漫，果味十足，是香梨，它也成熟了。黄黄的香梨，在果树间旖旎生姿，它没有柑橘的繁密，没有苹果的艳丽，更没有葡萄的五光十色，它只是安静地缀在树间，生津长肉、吮露酿汁，等待人们来摘取，等着人们来品尝。"香梨真甜呀，香梨真香呀，香梨真多呀，香梨用途可多了"，人们一边采摘一边赞叹。果园是真正的热闹呀！从早到晚，来来往往的人们，他们买苹果，尝香梨，摘柑橘，摘葡萄，没有一个人愿意闲着，就连3岁小娃娃也不例外。他们有模有样地帮着包苹果、放香梨、捡柑橘，他们吃葡萄，满头满脸都是汁水，满身满手都是果香，人们更是满载而归，果园还剩下很多很多的鲜果，果园还有很多天的热闹呢。

秋天真好，谁说秋天不好呢？

凤凰古城

多年以前我读过《边城》，沈老笔下的小溪、白塔、墨竹、渡口、独户的人家……沈老把魂牵梦绕的故土描写得如诗如画、如梦如歌、荡气回肠。我被湘西边城淳朴的乡俗民风和天然的日常生活深深吸引。翠翠的天然美貌，灵动纯朴善良的性格品质，及她与天保、傩送之间的纯洁情感，让人记忆深刻。

今年终得如愿到沈从文故居一游。

5月3日，上午9点我和家人自驾游出发，全程489公里，6小时后到达目的地。

凤凰古城，位于湖南省湘西土家族苗族自治州的西南部，土地总面积约10平方千米，大约有6万人口，由苗族、汉族、土家族等28个民族组成，为典型的少数民族聚居区。有九街七巷，美丽的沱江穿城而过，集水、城、文、人为一体，古代就有新西兰著名作家路易·艾黎称这里为"最美小镇"。从历代名人的作品中也能看到凤凰古城的富饶美丽，如黄永玉的画、宋祖英的歌、谭盾的琴声、沈从文的《边城》……

著名景点：

北门古城楼、陈斗南宅院、沱江吊脚楼、石板老街、万名塔、奇峰山、沱江夜景。

特色美食：

血粑鸭、苗家酸汤、凤凰腊肉……

历史名人：

沈从文、熊希龄、湘西王陈渠珍、青帕苗王龙云飞、匪气画家黄永玉、一代抗英名将郑国鸿……

从这里走出去的名人很多，他们为凤凰古城增添了很多脍炙人口的厚重底色，也将这座深沉古老的小城推向了全世界。

酒足饭饱，我们一行人踏入古城。古城建于清朝康熙年间，距今已有300多年的历史，建筑拙朴略显古老，却不失秀色。石板铺成的街道纵横交错、四通八达、古朴典雅，两旁多是木板房，规划整齐美观。房檐伸出手来，面面相对，尽显祥和，中间街巷仅现一线天空，商铺鳞次栉比，各色商品琳琅满目，应有尽有。此时游客已从四方拥入，大人、小孩、男女、老少，他们簇拥堆砌，喧闹无比，讨价声、叫卖声、敲打声、吟唱声、赞美声，汇成一片声的海浪。商铺门面里有画家作画的，有做手工牛角梳的，有卖古典旗袍的，有击锤卖麦芽糖的，有吹糖人的，有玩杂耍的，有说评书的，有酒馆卖唱的……整个凤凰城都浸在热腾腾的烟火中，人声鼎沸、流光溢彩。此时的凤凰兴奋无比，扇动羽翼，振动周身向人们展示它亮丽无比的衣衫，向人们诉说着小城的富庶繁华、热闹与梦想。随着比肩接踵的人流，边走边看、边走边听、边走边吃，一路欢愉、一路收获。行至沱江上游，入巷进入沱江江岸，眼前的美景仿如梦境，更令人如痴如醉。一江绚丽婀娜的灯火，照得沱江梦幻缥缈，氤氲迷离。江面不宽，江中游船穿行，两岸行人如织，漫步在木栅栏上临江观赏：微波、霓虹、人潮、光影、树丛、山脊、风雨吊楼，都浓缩掩映在这一江的流水中。沱江有情呀，情在人心；凤凰有品呀，品在有魂。难怪路易·艾黎说它是最美小镇，谁说不是呢？一条沱江润养着凤凰儿女，一条沱江承载着百年沧桑，一条沱江托举着两岸勤劳勇敢智慧的人们的梦想。宋代词人李清照写下：念武陵人远，烟锁秦楼，唯有楼前流水，应念我、终日凝眸……词人眼中的流水令她久久留恋，不舍离开，这水、这山、这情是何等深切。这就是沈老笔下的峒溪河吧，这就是沈老倾情描绘的沱江呀！

次日早上，乘着阳光正好，乘着微风不燥，我们又出发了，去寻梦里萦绕缠绵的沈老故居，脚踏石条，穿梭于大街小巷，下了好大的功夫才找到"沈从文故居"。故居坐落于中营街，是一座具有浓郁湘西特色的四合院，它不高调不显摆，像一位智慧的老人，谦虚而慈祥。进出院落的人很多，但大多为年轻人，他们轻声慢语、文雅端庄，有的拿着相机，有的拿着已购的书本，有的在认真地端详，他们的表情都惊人的相似，喜欢，悦诗风吟……我仿佛看见一位皮肤黝黑、眸子清亮，扎着麻花辫，天真灿烂、乖巧如鹿的小女孩，正穿梭在人丛中……

回首我也久久凝眸……

桃花源里蝴蝶泉

汽车沿着陡峭的山路缓慢地爬行，一路向东。

天色逐渐暗了下来，可是目的地还不知所终，下车远眺，群峰叠峦下，遥见依稀灯火，在明与暗中闪烁。山风乍起，吹起一身的涟漪，树木丛丛，危岩绝壁，黄尘满地，看看导航，复得寻去。沿途几经危地，路窄、坡陡、弯急，所幸爱人车技稳健，有惊无险。行至公路尽途，直听到哗哗之声由远及近，一条山溪自天而降，由右前方的山林中冲泻而下，把山峰一分为二，硕大的岩石堆垒河道，经年累月已光滑色泽，块块成形，站、卧、躺、倚，各尽形态。淙淙的水声不绝于耳，主人引路顺着山溪往下，一路蹚水，踏石，经过二十几分钟终达目的地，曾家沟小龙溪。

这里是桃花源，世外桃源，正如陶渊明所记：

缘溪行，忘路之远近。忽逢桃花林，夹岸数百步，中无杂树，芳草鲜美，落英缤纷……复行数十步，豁然开朗。土地平旷，屋舍俨然，有良田、美池、桑竹之属。

世外桃源，谁与争锋，在我心中，绝无仅有，再也无一处能与之媲美。一条山溪跳岩落地，形成一条平缓宽阔的河流，河水澄澈见底、水草茵茵，正缓缓地依山流去，大山耸立眼前，像一幅巨大碧绿的帘子，绿意逼人，其间随处可见繁花片片、光影点点。两栋四合天井的房屋并排坐落，静谧而安详。屋内雕梁画栋，小巧别致的窗花门楣、干净清爽的院坝，以及门前一排茂盛椭圆的冬青树、硕叶丰满的国色牡丹。后山拥抱着屋宇，前后两山十丈相余，深情凝目，把龙溪紧紧地拥揽在怀中，前后山脊无限伸延，拖长了龙溪的腰身，腰间种良田、牧猪羊，听鸡犬啼吠，闻河溪鸟鸣。

温泉就出自这里，温泉分布在山岩上。听主人讲，这座山上有多处温泉，但泉眼都不明显，故筑有多个小型温池，星星点点缀在山丛，像一只只晶莹的蝴蝶，有多处温泉天干水涸，只有发大水时才能找到泉口，时常活温泉只有3处。一处由半山腰岩孔中涌流的温泉37℃左右，水量较大，终年不息。一处是山脚跟岩壁下涌起的38.5℃的热泉。我们走近山脚温泉，只见一湾清泉静卧崖底，池水纯洁宛如翡翠，动用哪一些藻饰词汇，都是对它的亵渎。只觉得在这灵秀之地，它静静地藏着、静静地绿着、静静地明澈着，就如同一粒碧色诱人的宝石，没法形容。它纤瘦、婉约、温润、美艳，我满目的怜爱、满心的喜欢，谁在这与世隔绝之地，用它神奇魔幻的手创造了它，又是谁懂得它，把它锻造得如此惹人怜爱、如此乖巧灵秀。小小的一汪泉，倾注了一切美好，而又滋养了周遭的万物生灵，更感动着慕名而来的游客。褪掉束缚，静静地倚躺其中，那番美静不舍打扰、不舍游动。身心浸在温暖里，灵魂徜徉在山水间，一瞬便觉人生真的美好，这一切的美好都来自心中的纯净、周遭的安详。人呀，不管你有何等能耐，又有着怎样的生活境遇，茫茫人海、滔滔流水，于世再无奇，唯有这万峦群峰之下，青草溪流边，如止一静，于偏僻深林中如此一景，险峻绝壁之下如此一泉，才深得天地之造化，人世之韵律。

　　问主人，知周围方圆几里独此一家，家中仅有夫妻两人。女儿远嫁，居闹市，享繁华。而此处，只是年轻人偶尔回来休闲、顿息之所。我想夫妻二人为何宁愿独享孤寂？主人孤守不无道理，是的。当他们在房檐下听够了一整夜惊心动魄的水鸣风啸，清晨，即可借明净温泽的泉水洗去落寞，当他们看够享够了这世外美景，抬头，即可望见远山的绝壁。世间就如此。

　　主人说：这泉，叫蝴蝶泉，这里是小龙溪桃花源，在湖南省酉阳县。